Diogenes Taschenbuch 24239

Christoph Poschenrieder

Der Spiegelkasten

Roman

Diogenes

Die Erstausgabe
erschien 2011 im Diogenes Verlag
Umschlagillustration:
August Macke,
›Spiegelbild im Schaufenster‹, 1913
Foto: Copyright © Archiv für Kunst
und Geschichte, Berlin

Für WarGirl18

Veröffentlicht als Diogenes Taschenbuch, 2013
Alle Rechte vorbehalten
Copyright © 2011
Diogenes Verlag AG Zürich
www.diogenes.ch
50/13/8/1
ISBN 978 3 257 24239 3

So viele Tage, Taten, Siege,
Demütigungen und Vernichtungen –
und doch kein Sinn.
    Ernst Weiß, *Das Unverlierbare*

Words are very unnecessary…
    Depeche Mode, *Enjoy the Silence*

Eins

I

Man hat mir geraten, einfach anzufangen, egal womit, nur anfangen, dann würde es schon laufen, bei meiner Vorgeschichte schon gleich. Und das stimmt. Schreiben gefällt mir besser als die endlosen Sitzungen, in denen sie mich zuerst zum Reden bringen wollten. Später kamen sie dann auf diese Idee; einer der Herren im weißen Kittel hat einmal mit »Kreativem Schreiben« zu tun gehabt, propagiert das mit einigem Geschwätz, als gäbe es irgendetwas anderes als kreatives Schreiben. Die ganze Welt ist herbeigeschrieben; darum heißt es: Im Anfang war das Wort. Menschen beginnen eine Sache von Bedeutung nun einmal mit einem Wort, und wenn es »So!« oder »Hau ruck!« ist oder nur ein Seufzer: auch nichts anderes als ein zum Geräusch sublimiertes Wort.

Ich beginne also mit der Pizza, die, wenn ich es recht bedenke, auch wirklich der Anfang von allem war; die Pizza und nicht die Photos, die mein längst verstorbener Großonkel Ismar aus dem Krieg zurückbrachte – diese andere Geschichte, wegen der ich hier gelandet bin.

Ich hatte immer per Telefon bestellt, aber nie die Standards, *Kwatrostatschoni* mit holzigen Artischockenblättern und Pfefferschoten, die dünnes Essigwasser verspritzten. Oder Pizza fünf, *Prosciutto-mit-dem-Sternchen**: Fleisch-

*Formvorderschinken

reste, gepresst, versalzen, verwässert und verklebt. Ich hatte immer Extrawünsche: echte Moz-za-rel-la (anstelle des Gummikunstkäses), dazu Sardellen, aber *ohne Zwiebel...* sie verstanden mich nicht. Nicht einmal den Namen des Lokals konnten sie aussprechen: *L'Alba Chiara* klang wie *Lablaklara.* Immerhin bekamen sie einen knusprigen Boden zustande, der bei Lieferung noch nicht zu einem feuchten Lappen verschlammt war; deshalb bestellte ich bei ihnen. Und weil sie eines Tages – kurz bevor ich den Laden sattbekam – einen großartigen Pizzabaukasten auf ihrer Internetseite einführten: Man wählte zuerst den großen oder kleinen Durchmesser, dann die Tomatengrundierung, die Käsesorte. Ich schob die Zutaten von kleinen Boxen an den Rändern der Arbeitsfläche, wohin es mir gefiel, in der richtigen Schichtung, denn ich hasste es, den Käse über die Mailänder Salami zu schmieren. Bei *L'Alba Chiara* sah das irgendeiner auf dem Monitor und baute es flink nach. Der Preis wurde automatisch aufaddiert und von meinem Kreditkartenkonto subtrahiert. Sobald ich sah, dass es gut war, klickte ich auf *Ab in den Ofen!.* Meine eigene, persönliche *Pizza Genesis.*

Um diese Zeit herum fing das an. Wenn ich mich recht erinnere. Aber ich habe meine Erinnerung längst gegen das Vorstellungsvermögen eingetauscht, das viel mächtiger und unterhaltsamer, vor allem jederzeit manipulierbar ist.

2

Am achtzehnten August 1914 fühlte Ismar Manneberg, nachdem er das dunkle, haarige Ding in seiner Handfläche erkannt hatte, zum ersten Mal, wie sich die Tatze des schwarzen Panthers an seinen Hals legte. Vorsichtig und geradezu zärtlich schwebte sie warm und rauh über der Schlagader, aber sie holte nicht aus und hinterließ von den Krallen nur ein leises Kitzeln. Dabei war die Angst, die er spürte, im Vergleich zu allem, was folgen sollte, lächerlich und gering. Dennoch nahm er sich an diesem Nachmittag vor, eine Methode zu finden, um den schwarzen Panther entweder zu zähmen oder zu verjagen. Nur er konnte diesen Panther sehen; in den verlassenen Dörfern und waldigen Hügeln an der westlichen Landesgrenze, die das Regiment seit Tagen durchstreifte, streunten bestenfalls noch ein paar Hauskatzen herum und zurückgelassene Hunde.

Die Angeber und Draufgänger unter seinen Leuten, die sich seit dem Ausrücken auf einem lustigen Schulausflug glaubten, hatten die endlich erlaubten Ungezogenheiten eingefordert, hatten losstürmen wollen, seit Tagen schon, nur immer mit Schwung hinein in Wald und Buschwerk, den Feind wie die Maikäfer aus den Bäumen schütteln und unter schweren Stiefeln und Jubelgeschrei zertreten. Warum schickte sie ihr Leutnant Manneberg nicht auf Streifpatrouillen, warum dieses ängstliche Herumtappen, warum kämpften alle anderen, nur sie nicht? Von Norden und von Süden hörte man doch ständig Gefechtslärm, dort war der Krieg, dort wollten sie hin. Sie flehten den ersten, ihnen bisher verweigerten Schuss geradezu herbei.

Aber Manneberg, bedacht auf Befehl und Gehorsam, hatte immer nur gesagt: »Der fällt früh genug.«

Der erste Schuss: bloß ein Stückchen Metall, das durch die heiße Luft eines Augustnachmittages sirrte, um jemandem das Liebste zu nehmen, den Versorger, den Freund. Es war eine *balle D,* solides, stumpfrot glänzendes Messing, acht Millimeter im Durchmesser, ein elegantes Ding, das dem Rumpf einer flinken Segeljacht glich. Es kam als ein Hartes, das ein Weiches suchte, um es zu durchdringen, ein Sprödes, um es zu zerbrechen, ein Atmendes, um ihm die Luft zu nehmen.

Als der Schuss fiel, in Mittersheim im deutsch-lothringischen Grenzgebiet, traf er den Infanteristen Kinateder; dort, wo Manneberg ihn hinbefohlen hatte, unter einen Torbogen, um den tastenden Vormarsch durch das menschenleere Städtchen zu sichern. Der Helm des Infanteristen fiel geräuschlos aufs Pflaster. Sekunden später glaubte einer das Aufblitzen eines Zielfernrohres gesehen zu haben, schrie *Franktireur!* Dann schoss die ganze Mannschaft, in Fenster, durch Türen, über den Kanal, in den Wald, in blinde Gassen, bis sie nichts mehr hatten und bis Mannebergs Befehle, das Feuer verdammt noch mal einzustellen, endlich durchdrangen.

Die Stille kam zurück, die Schatten wurden blau und lang. Die Pflastersteine strahlten die Wärme ab, die sie den

Tag über aufgesogen hatten. Jetzt schwiegen die Angeber zwar, aber sie reinigten ihre Waffen und füllten die Munitionstaschen auf, für das nächste Abenteuer. Andere umklammerten noch immer mit kalten Händen die Gewehre. Manneberg ging herum, klopfte auf Schultern, teilte Zigaretten aus, zeigte beste Laune, sprach Mut denen zu, die es nötig zu haben schienen; verwarnte den, der zuerst gefeuert hatte. Manneberg trug Verantwortung für seine paar Leute: nur ein Zug, und nur als Leutnant der Reserve. Doch was hieß schon »nur« – für einen wie ihn war schon dieser niedrigste Offiziersrang Grund zum Stolz gewesen. Und er war in den Übungen ein guter Reserveoffizier gewesen. Da war wohl anzunehmen, dass er ein guter Soldat im Krieg sein würde.

Ein Photograph in Zivil kam atemlos herangelaufen. »Die Division schickt mich die ersten Gefechte zu dokumentieren«, sagte er.

»Das war kein Gefecht«, sagte Manneberg, »nur ein Heckenschütze.«

Der Infanterist Kinateder lehnte sitzend an einer Hauswand, döste mit hängendem Kopf. »Streifschuss«, hatte der Sanitäter nach flüchtigster Untersuchung etwas enttäuscht gesagt, »der wollte dir nur einen neuen Scheitel ziehen.« Der Kinateder hatte es selbst kaum bemerkt, hatte geglaubt, es hätte ihm nur den Helm vom Kopf gefegt, und hatte den herumtastenden Sanitäter kaum geduldet. Er war ein Kriegsfreiwilliger, braungebrannt, vor drei Wochen hatte er noch Heu eingefahren. Er wäre noch nicht eingezogen worden, aber als fünfter oder sechster Sohn eines Bauern gab es nichts zu erben. Knecht unter seinem ältesten Bruder konnte er werden – oder Held sein, Weihnachten wieder daheim sein, mit kühnen Geschichten und Orden an der Uniform.

»Sicher doch, ihr habt einen Verwundeten«, sagte der Photograph und zeigte auf den Kinateder, »das genügt mir.«

Er übernahm jetzt das Kommando: Manneberg solle sich dort neben den Brunnen hinknien, einen Fuß aufgesetzt, den Kopf des Verwundeten in den Schoß betten und eine Feldflasche an seine Lippen halten, so, als gebe er ihm zu trinken. Mit Hilfe zweier Sanitäter brachte er den Kinateder in die geforderte Pose. Der ließ es passieren, wie eine große, biegsame Puppe. Mit der linken Hand stützte Manneberg den Hinterkopf des Jungen. Er fühlte blutverklebtes Haar. Der Photograph wies ihn mit großen Gesten ein und baute gleichzeitig seinen Apparat auf, dauernd plappernd.

»Fabelhaft! Knöpfen Sie die Jacke etwas auf. Großartige Truppe seid ihr. Das Hosenbein in den Stiefelschaft. Kameradschaft über die Ränge hinweg! Noch eine Locke in die Stirn. Und die Feldflasche höher!«

Er verschwand unter dem Tuch und schob das Stativ herum. Es sah komisch aus, ein Tier mit fünf Beinen. Die Soldaten lachten: »Er versteckt sich. Ganz Zivilist.«

Zwischen Mannebergs Fingern rann eine Flüssigkeit. Er winkte nach einem Sanitäter. Der Photograph warf verärgert sein Tuch auf.

»Bitte Herrn Offizier stillzuhalten, auch den Kopf des jungen Soldaten.«

Kaum hatte Kinateder die Augen geschlossen, wusste Manneberg nicht mehr, welche Farbe sie hatten. Seine Hand zitterte ein wenig, das Wasser tropfte von den Lippen über das Kinn des Jungen in den Kragen, der klare und der rote Fluss vermischten sich ungesehen unter dem Stoff. Er selbst lag hier mit geschlossenen Augen, er sah sich ganz klar, doch da öffnete der Junge die Augen wieder, wenn auch nur halb: braun. – Manneberg hatte grüne Augen.

Der Photograph machte sein Bild, klappte das Stativ zusammen und eilte davon, zur nächsten Heldengeschichte. Die Sanitäter holten endlich den Jungen, der immer träger und schwerer auf Mannebergs Schoß gelastet hatte.

In Mannebergs Handteller blieb etwas zurück. Er zuckte zusammen, als er hinsah, er schüttelte die Hand, als hätte eine haarige Spinne darauf gesessen – und im selben Moment wünschte er, es wäre nur eine Spinne gewesen und nicht das Büschel Haare, das aus einem Fragment Schädeldecke wuchs, so groß wie eine Zweikronenmünze. In der hastigen Bewegung flog das Stückchen Mensch weg.

Er machte zwei, drei Schritte, zuerst in dem absurden Wunsch, das Fragment wieder zu ergreifen und es den Sanitätern nachzutragen, dann um seine Erregung in Bewegung zu erschöpfen. Er tappte vor, zurück, im Kreis, bis der erste Schwung verbraucht, Atem und Puls auf halbwegs normale Frequenzen gefallen waren und er das Gefühl hatte, die stützende Schale seiner Leutnantsuniform schon wieder recht zufriedenstellend und würdig auszufüllen.

Umso überraschender kam der Angriff des Panthers. Er drängte ihn an die nächste Hauswand, zwang ihn in die Hocke und legte ihm die heißen, rauhen Tatzen an den Hals. Er war jetzt auf alles gefasst, das Biest mochte zuschlagen, ihn vernichten. Es brauchte nicht einmal die Krallen auszufahren. Es genügte, dass es da war, ihn packte und auf eine

Weise bedrohte, die er in seinem Leben noch nicht gespürt hatte – ein paar Sekunden nur, dann ließ das Biest leise fauchend von ihm ab; ihm blieben ein glühender Kopf und kalte, kribbelnde Finger.

Ismar Manneberg war keiner, der in Bildern dachte oder sprach, eher einer, der versuchte, den Dingen alles Zwei- und Mehrdeutige zu nehmen, der ein Grau lieber als entweder Schwarz oder Weiß sah. Doch der Panther hielt ihn die ganze Weile über im Blick, mit Augen hellgelb wie Glühbirnen, so lange, wie Manneberg auf das Werbeplakat starrte, das gegenüber, neben einer Drogerie klebte und versprach:

Purfinol-Fleckentinctur macht sogar Panther weiß.

Das Lachen, zu dem er Anlass und Ansatz durchaus spürte, sprang nicht an; mehr als ein würgendes Räuspern, ein Freimachen der zugepressten Kehle brachte er nicht zustande. Er stand langsam auf, klopfte den Staub aus der Uniform und ging seinen Burschen suchen, den er in einem Hinterhof mit dem Annähen eines Mantelknopfs beschäftigt fand.

»Hier, halten Sie mal die Flasche. Langsam ausgießen.«

Das Blut des Jungen war aus den Rissen und Furchen des Handtellers und der Finger kaum herauszuwaschen, aber nachdem der Bursche fast die ganze Wasserflasche ausgeleert hatte, fühlte sich Manneberg ausreichend gereinigt. Er trocknete die Hände an der Hose und nahm den Zettel entgegen, den ein Melder gerade brachte: ein Befehl zum Vorrücken auf den Feind.

Manneberg tastete gewohnheitsmäßig nach der silbernen Kette, um die Taschenuhr aus der Weste zu ziehen, die Kette über den Mittelfinger gleiten, den Uhrdeckel aufspringen zu lassen – aber er trug die Armbanduhr mit dem dürren roten Sekundenzeiger, diese neumodische, die er nun mit einer Drehung des Unterarms aus dem Ärmel schob. Jeden Morgen, wenn es die Lage erlaubte, brachte ein Läufer die Armbanduhr zum Stab, wo sie mit den Uhren der anderen Offiziere synchronisiert wurde. Diese Prozedur zeigte Manneberg, dass er Teil der großen Maschine war. Das war, in gewisser Weise, erregend und befriedigend; dabei zu sein, in Uniform und Rang.

In Münchens Prachtstraße haben sie Aufstellung genommen, das ganze Bataillon, vorn über den Piken der Helme sieht er das Siegestor. Blumensträußchen stecken in den Mündungen der Gewehre. Dumpf dröhnt Musik, kaum hörbar, denn die Menschen schreien und jubeln in einem fort. Ihr Geschrei ist die Hand im Rücken, die anschiebt, sie will Manneberg hinausdrücken aus der Stadt, sie schiebt ihn durch den Torbogen, die Kolonne wird hindurchgepresst, bis vor die Feldherrenhalle, wo das Ganze rechts schwenkt auf den Obelisken zu, der als turmhoher Peilstab aufragt, das richtet den Zug schnurgerade. Die Sonne brennt heute wie an all den Tagen seit Mobilmachung, etwas stärker noch, so dass die ledernen Gürtel und Riemen ihr Fett ausschwitzen und wie glühende Fassreifen um die Uniform liegen.

Das Geschrei der Menge schwillt an und ab, es besteht aus Hurra und Vivat im Wesentlichen. Man lässt den König und den Kaiser hochleben. Irgendwann fällt Manneberg die hohe Stimmlage in diesem Klanggemisch auf: ein Kreischen eigentlich, das von Kindern und Frauen kommen muss und in dem viel Zorn klirrt, aber nicht, weil man ihnen die Väter, Brüder, Männer, Söhne nimmt, es ist die Wut auf den Feind.

Die Bahnhofshalle ist nicht kühl wie erhofft, die Luft steht still, Lokomotivenrauch drückt herab. Pferde trappeln in den Waggons; man riecht sie auch. Der Oberst spricht vom Podium, mit geballter Faust und Handkante, mit durchgedrücktem Rücken und vorgestrecktem Kinn. Manneberg hört ihn nicht und versteht ihn doch. Kaplane segnen die Mannschaften im Sprühnebel der Weihwasserpinsel, ein Regenbogen schillert ab und an über den geneigten Köpfen. Die Offiziere, in getrennter Abfertigung, sehen einer persönlichen Segnung entgegen, bevor sie sich, nach Rang sortiert, auf die Wagenklassen verteilen.

Manneberg wird unwohl, denn neben dem Geistlichen im violetten Ornat steht, einen halben Schritt zurück, ein schlicht gekleideter Herr, der selten eine Hand zu schütteln findet. Der Regimentsschreiber späht entlang der Reihe und spricht dem Herrn ins Ohr. Der Rabbiner tritt vor, zieht Manneberg an seine Brust und spricht den *Kiddusch*. In diesem Moment glaubt Manneberg, die ganze Kompanie, das ganze Bataillon sähe zu. Er fühlt sich herausgenommen aus dem Ganzen, gesondert von den anderen – als wäre das nicht das eigentliche und ersehnte Ziel dieser ganzen Angelegenheit gewesen: eins zu sein und aufzugehen in allem; mit allem, was man Patriotismus nennt oder Vaterlandsliebe oder Pflicht oder die Überzeugung, dass der Feind zu schlagen ist, wenn er von den Vorgesetzten ausgemacht ist; nach den Regeln der in vielen Übungen verfeinerten Kunst. Da haben sie debattiert, sich heißgeredet und gemutmaßt, manche sogar gehofft, dass es bald wieder gegen die Franzosen ginge, wo die Zeit doch reif, ach, überreif sei, die Umklammerung zu sprengen, den anderen zuvorzukommen.

Sein Offizierspatent hat Ismar Manneberg in Friedenszeiten als Fahrkarte in die bessere Gesellschaft benutzt. Jetzt, im Krieg, wird der Zuschlag fällig.

Er ging voran, in aufrechter Haltung, die Pistole in der Hand. Sein Zug, gerade noch ein dichter Haufen am Brückenkopf, dehnte sich wie ein Gummiband, als sie im Gänsemarsch über den Kanalsteg schlichen. Auf ein Wort von ihm wäre das Gummiband augenblicklich zusammengeschnurrt, um sie alle zurückzuholen, zwischen die Häuser, auf das wärmende Pflaster, in die Sicherheit.

Der Damm entlang des Kanals bot Deckung nur von einer Seite, von der anderen mussten sie aussehen wie Pappkameraden vor dem Kugelfang. Links erstreckten sich Wiesen, dazwischen Holzzäune, Bewässerungsgräben, verstreute Apfelbäume. Manneberg erwartete jeden Moment den zweiten Schuss; doch der kam ganz anders als erwartet.

Der Gegner schüttete einen Kübel heißes Metall über sie aus; so plötzlich, so massiv, dass es keine Richtung zu haben schien. Der ganze Zug fiel flach ins Gras, gleichzeitig, als hätte ihnen eine Sense die Beine weggehauen. Manneberg zwang sich, den Kopf zu heben, weniger um zu sehen, als um zu hören. *Wo Woher Wieviele Wohin?* Er musste handeln –

selbst wenn das im Moment nicht viel mehr bedeuten konnte, als Befehle hinauszubrüllen, das Offensichtliche anzuordnen. Die Leute krochen auf jeden Gegenstand zu, der Deckung versprach: einen Baumstamm, einen Brunnentrog, einen Leiterwagen, eine Kuhle im Gelände. Blätter fielen, Äpfel fielen. Kugeln schlugen eine Armlänge von Mannebergs Gesicht ein, verspritzten Erde, Steinchen und Splitter. Etwas weiter vorne war irgendein Bauwerk, er sah ein Geländer und einen Treppenabgang.

»In Schützenlinie vorrücken, Deckung suchen, Feuer erwidern, weitersagen!«, rief er dem Soldaten zu, der ein paar Meter rechts von ihm lag und wie ein Kind die Arme über den Kopf verschränkt gegen seine Ohren presste. Dann rannte er los, so schnell, wie er lange nicht gerannt war, nicht seit diesen Spielen –

Lauf nur, Manneberg, lauf!, schreit einer, ich krieg dich ja doch!

Er ist barfuß. Seine nackten Beine sind staubbedeckt. Seine Fußsohlen brennen. Das schwarze Basaltpflaster ist heiß, heiß. Er muss hinüber, in den Schatten, in den kühlen Sand am Flussufer. Die anderen sitzen in den Hauseingängen, der Kleine von Hausnummer sieben in der Kastanie, und sie haben freies Schussfeld. Hakenschlagen oder schnurstracks? Er rennt direkt. Das glühende Pflaster beschleunigt wie ein Treibsatz: *Rakete Manneberg* zündet. Er fliegt. Niemand kann ihn treffen, nicht ihn.

Da, ein feuchter Klatsch hinter dem linken Ohr. Er fühlt, sieht auf die Finger: schwarze Körner in einem schleimigen Gelee – Stachelbeere. Das nimmt Tempo. Jetzt doch ein Haken. Und verdammt – Schrot auf die Hemdbrust: drei rote Flecken: Johannisbeere. An der Schulter tut es weh, Mirabelle, oder unreife Pflaume. Aber sie hatten doch abgemacht, aus dem Steinobst die Kerne zu entfernen! Das muss der tückische Max gewesen sein, dem brenne ich eine Ladung Kieselgrütze auf, denkt er, wenn ich drüben bin. Er nimmt die Uferbefestigung in einem Satz, fliegt in den weichen Sand, rollt herum, robbt zurück an die Mauer, nimmt die zwei, drei verbliebenen Johannisbeeren aus der hohlen linken Hand, gibt ein paar Steinchen dazu und spannt das Gummi der Zwille auf maximale Länge.

Patsch. Rote Stachelbeere im Nacken.

Fangschuss. Du bist tot in Runde zwei, Ismar, sagt der tückische Max ohne Triumph in der Stimme und fällt neben ihm in den Sand. Er erledigt seine Gegner meistens von hinten, weil er das Anschleichen beherrscht wie kein anderer. Das ist ärgerlich, aber nicht gegen die Regeln. Sie spielen Krieg, nicht Ritterturnier.

Bah, sagt Ismar und wischt die schleimige Frucht weg, diesmal wollte ich doch Leutnant werden.

Du kannst nicht Offizier werden, sagt Max, zögert und sagt dann doch: Du kannst überhaupt nie Offizier werden.

Doch, das ist unser Spiel, sagt Ismar, das kannst du nicht allein bestimmen.

Die anderen Buben kommen. Sie lassen sich mit dem Hintern voraus schwer in den Sand plumpsen und schauen, wer die tiefste Kuhle gemacht hat. Das ist das einzige Spiel, bei dem der dicke Dietrich gewinnt, im Abdruck seines Hinterns kann sich der Kleinste unter ihnen zum Schlafen zusammenrollen. Sein Hemd, sein Hals, Arme und Beine sind bunt von Flecken. Den dicken Dietrich kann jeder treffen. Deshalb lassen sie ihn ja mitspielen.

Ich schwöre, sagt Max, das sagt auch mein Onkel, der bei den Dragonern. Euch nehmen sie nicht unter die Offiziere.

Wen, uns?, fragt Ismar.

Na, solche wie euch, Juden.

Ismar stopft die Johannisbeeren, die er noch in der Faust hält, in den Mund, mit Sand und Kieseln. Er schluckt alles, ohne zu kauen, und rennt.

Du kriegst mich nicht, mich kriegst du nicht –

– hörte er sich rufen, als er die Treppe hinunterstürzte. Ein-, zweimal atmete er durch, dann kroch er die Stufen wieder hinauf. Er musste Übersicht erlangen und behalten, er war der Leutnant hier, dem tückischen Max zum Trotz, trotz allem.

Keine zehn Meter von ihm lag ein Infanterist auf dem Bauch und hielt sich an einem Grasbüschel fest, bis er es herausgerissen hatte und nach einem anderen tastete – wohl der Dichtl, der brave Kerl, der schleppen konnte für zwei, weswegen man ihm gerne auflud wie einem Packesel. Der Dichtl Jakob aus Gatzerreuth bei Ilzrettenbach nahe Schnürring in Niederbayern lag da, in einer Obstwiese bei Mittersheim in Lothringen, zwischen wurmigen Äpfeln und faulen Pflaumen, und rings um ihn wuchs ein Zäunchen schwarzbrauner Fontänen aus der Erde.

Für den dicken Dietrich ist der Krieg am Abend nicht zu Ende. In der ganzen Siedlung hört man seine Mutter auf gut Schlesisch kreischen – Nur her, mein Junge, ich hab die Nudelkulle schon parat! Alle Fenster stehen offen, sonst ist es still, bis auf die Schreie der Schwalben. Später kommt der Vater aus dem Wirtshaus: Dann hallt das Schnalzen, das ein Ledergürtel auf nackter Haut verursacht, durch die Gassen.

Aber schon beim nächsten Kriegsspiel ist der dicke Dietrich zur Stelle, schnaufend, schwitzend, und er bettelt, mitmachen zu dürfen. Dann schießen sie wieder auf ihn, bis er als buntgescheckter Harlekin nach Hause geht, seiner zweifachen Tracht Prügel entgegen, die er schweigend übersteht, denn er weiß, dass die anderen, die schon in den Betten liegen, alles hören.

»Laufen Sie doch, zu dem Baum dort«, schrie Manneberg, »lauf, es sind nur ein paar Schritte, da hast du Deckung. Renn, renn!«

Der Dichtl guckte mit halb geschlossenen Augen und ohne irgendeinen lesbaren Gesichtsausdruck, nicht einmal besonders ängstlich, in Mannebergs Richtung. Dann lief er los, stampfend und schwerfällig, auf den Solitär zwischen den Obstbäumen zu, der tief ausladende Äste trug; der da wie ein alter, arthritischer Mann wartete, der die Arme hängen ließ, die Handflächen nach oben gedreht, die langen, knotigen Finger aufgefächert und gekrümmt; ein unheimlich lockendes Willkommen bot er dar.

Sei's drum, dachte Manneberg und verwarf die Warnung, die sich aus diesem Bild ergab – es war der einladend aufgebrochene Stamm, der sich öffnete wie der Mantel einer *Madonna della carità* und Schutz vor fliegenden Kugeln versprach. Aber der Dichtl stolperte, sein taumelnder Leib fand keine Aufnahme in der Baumhöhle, sondern in den gespreizten Fingern, die ihn unter den Achseln ergriffen und umklammerten, das Gewehr fiel, es ging nicht vor, nicht zurück, er hing in der Luft, nur die Stiefelspitzen tappten noch leichthin auf den Erdboden, der ganze schwere Soldat federte im Griff des Baumes, die Arme nutzlos ausgebreitet, zwei Flügel, die nicht trugen.

Manneberg teilte sich, die eine Hälfte brüllte dem Meldegänger zu, er solle verdammt noch mal die Artillerie, die verdammte Artillerie auf den Waldrand leiten, die andere Hälfte seines erkennenden Seins heftete sich auf einen Anblick, der schwarz auf weiß, gut auf böse und falsch auf richtig wendete. Eine Sekunde lang kniff er die Augen zu. Aber das Bild wollte hinein, es bohrte sich ein Loch in den Kasten seiner Seele, kehrte sich um, den Gesetzen der Optik folgend, und erneuerte sich kopfüber auf der gegenüberliegenden Seite des Kastens, auf einer Mattscheibe, wo es der Verstand abholte und eilfertig korrigierend wieder auf die Füße stellte und Mannebergs staunender Anschauung übergab:

Der Dichtl hing zuckend im Gabelgriff des bösen Baumes und strampelte mit den Beinen. Eines der Maschinengewehre, die vom Waldrand her arbeiteten, hatte ihn gefunden und wollte den Mann gar nicht mehr hergeben, wo es doch eigentlich in großzügigem Schwenken über das Schussfeld grasen sollte, aber dort fand es keine Nahrung, da, wo alle tief in ihre Deckung geschmiegt lagen – bis auf den einen, den Infanteristen Dichtl, der einmal der Gehilfe eines

Schmieds gewesen war, zu dessen Zufriedenheit er tagein, tagaus den Blasebalg getreten hatte, wozu das Gewicht seines Leibes und die Trägheit seiner Seele durchaus dienlich gewesen waren. Diese Letztere war dem Leib vermutlich schon entflohen, als die Astgabel hochschnellte, die den Oberkörper fasste, jetzt um das Gewicht eines halben Rumpfes, der umgeschnallten Patronentaschen und zweier Beine in genagelten Lederstiefeln erleichtert.

Endlich heulten die Granaten heran. Ihre Detonationen löschten das Gewehrfeuer der Franzosen. Sie rissen Bäume heraus und wühlten die Wiese auf. Die Feldartillerie schoss Schnellfeuer, alle zehn Sekunden, aus vierundzwanzig Rohren; und einige davon zu kurz: auf die eigenen Leute, die ungläubig und entsetzt nach oben schauten. Der Baum, der den Rest des Infanteristen umklammerte, hob sich aus der Erde, flog auf und streckte seine abgerissenen Wurzeln in den Himmel, ruhte kopfüber zitternd auf den Fingern seiner Äste, federnd wie ein Turner, der wieder auf die Füße kommen will. Dann stürzte er um.

Diesseits des langsam auf die untergehende Sonne zu kriechenden, golden angestrahlten Walls aus Hitze, Dreck, Pulverdampf und Eisen lief Manneberg über die Wiese und sammelte seine Leute, um den fliehenden Franzosen nachzusetzen, sobald der Artilleriebeschuss endete. Vier Mann blieben stumm, vier waren hörbar, unüberhörbar. Die Sanitäter öffneten erstmals in vollem Ernst ihre Taschen, hantierten hastig und ratlos mit Mullbinden, Ampullen, Kompressen – lächerliches Zeug, so unangemessen für die monströsen Wunden und Verrenkungen, den herausgebrüllten Schmerz sowieso: Lieber hätte sich Manneberg die ganze Verbandswatte in die Ohren gestopft und die Verbände um die Augen geschlungen; auch, um sich den Anblick der Franzosen zu ersparen, die hier und dort im zerrupften Gestrüpp und Holz lagen und *grâce, grâce* sagten oder leise um Wasser baten. Er gab jetzt scharfe, klare Befehle aus, um die Prahler und die Grobiane davon abzuhalten, im raschen Vorgehen mit dem Bajonett zu vollenden, was die Granaten begonnen hatten, oder sich die Andenken vom ersten, richtigen Gefecht zu holen, auf die sie ein Anrecht zu haben glaubten.

Ein verwundeter Offizier der Franzosen allerdings, *der unseren Leuten in den Rücken schoss, wurde niedergemacht* – so schrieb es Manneberg später, während ein Gewitter niederging, in den Gefechtsbericht. Rechtsanwalt Manneberg hatte noch am ersten Mobilmachungstag die Statuten der Haager Landkriegsordnung aufgefrischt. Als er im Klassenzimmer einer requirierten Schule saß, der Regen aufs Dach drosch und draußen, zwischen warmen Pfützen, Dampf vom Pflaster aufstieg, war er sicher: Der Befehl, auf den Offizier zu schießen, war durch diese Ordnung gedeckt, die ihn, Manneberg, den korrekt uniformierten Leutnant der königlich bayerischen Armee, der seine Waffe offen trug, zu solch einem Befehl berechtigte. Dennoch strich er das Wort *niedergemacht*, das ihm unnötig roh erschien, und probierte *ausgeschaltet* und *niedergestreckt* und *unschädlich gemacht* und *neutralisiert* und *eliminiert* und *terminiert*. Wie weit die drei Letzteren die Sache doch von einem abrücken, dachte er und schrieb: *erschossen,* und das war das richtige Wort an der richtigen Stelle.

In der Nacht besuchte ihn der schwarze Panther ein zweites Mal. Es musste wohl so gewesen sein, denn er entdeckte morgens eine fadendünne Blessur vom Adamsapfel bis unters Ohr, die eigentlich nicht von der Klinge stammen konnte (soweit er sich an die wie immer streng methodisch verrichtete Rasur erinnerte). Er betrachtete sich lange im Spiegel, suchte weitere, fand keine Spuren.

Wie war es möglich, in einem Krieg zu überleben, unversehrt zu bleiben? Bei der Platzpatronenknallerei der Reserveübungen redete davon keiner. Gab es einen Plan, konnte man es wollen oder wünschen oder herbeibeten? Man brauchte Glück, ganz sicher und ganz viel davon. Auch der Infanterist Kinateder hatte Glück gehabt (zehn Zentimeter, und die Kugel hätte seinen Schädel gesprengt) – oder doch Pech, weil Manneberg ihn auf diesen Posten befohlen hatte? Ganz bestimmt hatte Glück mit Raum und Zeit zu tun, und über diese Koordinaten bestimmten nun andere; er für den Kinateder und der Kompaniechef für Manneberg und so weiter, bis zum Kaiser, jenem, *der keine Parteien mehr, nur noch Deutsche* kannte und sie alle hierher befohlen hatte.

Aber es musste kleinste Winkel und kürzeste Augenblicke geben, wo das Glück war: Diese Orte zur richtigen Zeit mit allen Sinnen zu erspüren und zu nutzen, das nahm er sich vor, mehr nicht. Und auf einen sauberen, schönen Schuss hoffen. Nur nicht wie der glücklose Dichtl sterben – mit Wucht kamen die Bilder zurück, trieben ihn weg vom Spiegel, der ihm das schmerzverzerrte Gesicht des Leutnants der Reserve Manneberg zeigte; er wollte den stolzen, allen Situationen gewachsenen Offizier sehen. Um sich abzulenken, suchte er seine Sachen zusammen und polierte die Stiefel; in einer knappen halben Stunde musste das Bataillon abrücken. Er warf die Jacke um die Schultern, sah die leeren Ärmel: Selbst so konnte man leben. Er könnte seine Schriftsätze diktieren. Aber mit einer durch all das Furchtbare, Entsetzliche, Zermalmende zerstörten, verformten – Seele?, wenn das das richtige Wort für das richtige Ding war. Und wenn ja, was schützte die Seele?

»Was denn wohl«, murmelte Manneberg, »drei eiserne Bande.«

Welches Märchen willst du hören?, fragt die Mutter; nur der guten Form halber.

Froschkönig!, sagt Ismar. Er will immer nur den *Froschkönig*.

In den alten Zeiten, wo das Wünschen noch geholfen hat, beginnt sie.

Der überaus gerechte König hat es ihm besonders angetan, der ist eisenhart, der sagt sogar zur Königstochter jüngsten: Dieser Frosch, garstig wie er sein mag, hat deine goldene Kugel aus dem Brunnen geholt, weil du versprochen hast, mit ihm Tischlein und Bettlein zu teilen.

Das Versprechen muss sie halten!, ruft Ismar unfehlbar an dieser Stelle.

Du wirst sicher einmal ein Advokat oder Richter werden, sagt die Mutter. Ismar kann sich das ungefähr, aber gut ausmalen, auch, wie der Frosch daherhüpft, beharrlich sein Recht verlangt und aufs Kopfkissen will.

Da ward die Prinzessin bitterböse und warf ihn aus allen Kräften gegen die Wand. Als er aber herabfiel, war er kein Frosch, sondern ein Königssohn mit schönen freundlichen Augen.

Seltsam duldsamer Prinz, der sich so behandeln lässt! Meistens fragt Ismar dann, ob das auch umgekehrt gelte: Ob ein Prinz mit der passenden Fröschin sich eine Königstochter erwerben könne. Und die Mutter sagt: Warum denn nicht? Ist aber nun mal so, wie es ist.

Wann kommt endlich der Diener des Prinzen, das Paar heim aufs Schloss zu holen? Lies mir das gleich, Mutter!

Der treue Heinrich hatte sich so betrübt, als sein Herr in einen Frosch verwandelt worden war, dass er drei eiserne Bande hatte um sein Herz legen lassen.

Das Finale trägt Ismar selber vor:

Es tut einen lauten Krach, und der Prinz ruft *Heinrich, der Wagen bricht! – Nein, Herr, der Wagen nicht, es ist ein Band von meinem Herzen, das da lag in großen Schmerzen –*

Draußen blies der Hornist zum Sammeln. Eiserne Bänder werden wohl nicht reichen, dachte Manneberg, für diese eiserne Zeit, das ging in den alten Zeiten, als Wünschen noch geholfen hat.

3

Ich arbeitete als Medienbeobachter bei einer Organisation, deren Existenz ich manchmal bezweifelte, da ich niemals Rückmeldung auf meine Dossiers erhielt. Andererseits bekamen wir oft Besuch von Abgesandten ebendieser Organisation. Meine Chefin, eine botoxverspannte Frau um die fünfzig, führte die Besucher zu den Büros, sagte unser jeweiliges Beobachtungsland an und legte ein dosiert verächtliches Grinsen auf, je nachdem, welche dieser europäischen Schlappschwanznationen gerade am tiefsten rangierte. Die Großmacht, die mein Gehalt bezahlte, hatte zu der Zeit massiv an Reputation verloren, aber auch keine Konkurrenz; denn die andere (eher ehemalige) Großmacht trat nur noch gelegentlich als solche auf und bot dann meist ein absurdes Schauspiel, etwa in Person ihres Präsidenten, der sich in der Sommerfrische das Hemd vom Leib riss, mit bloßem Oberkörper für die Medien posierte und unter Anspannung aller (schon etwas unscharf modellierter) Muskeln eine Angelrute übers Wasser hielt oder eine Flinte schwenkte.

Aber egal. Ich tat, was mir Spaß machte: den ganzen Tag Zeitung lesen. In – wo sonst – *Le Monde diplomatique* hatte ich etwa zwei Jahre zuvor eine Anzeige gesehen:

Eine Organisation der US-*Regierung sucht einen deutschsprachigen* Media Analyst *in Vollzeit für das Büro in München. In dieser Position ist eine Reihe von Aufgaben in einem schnell getakteten Arbeitsumfeld zu bewältigen. Dazu gehört das Verfassen englischsprachiger Analysen der medialen Behandlung von Angelegenheiten, welche von Interesse für die Regierung der Vereinigten Staaten von Amerika sind.*

Von so einem Job hatte ich geträumt; nur nicht geglaubt, dass es ihn gab. Im Büro sitzen, trocken bei Regen, warm im Winter, kühl im Sommer. Keine lästigen Telefonate, kein Süßholzraspeln mehr, um Quellen zu melken und Informanten zu schmeicheln, keine mühseligen Recherchen, kein Herumstehen und Warten, keine Pressekonferenzen mit trockenem Gebäck, kein Ärger mit bezahlten Lügnern der PR, keine Diskussionen mit dem Chefredakteur über sogenannte »Rücksichten« wichtigen Anzeigenkunden gegenüber – vom Journalismus hatte ich genug.

Die Vorstellung, mit meinen Analysen und Berichten die Regierung einer Großmacht beeinflussen zu können (in einem Artikel hatte ich gelesen, die Rapporte gingen direkt zu Unterstaatssekretären und an die Botschaften), schmeichelte mir; selbst wenn, realistisch besehen, der Einfluss minimal sein würde. Ein wenig Internetrecherche hatte genügt, um die Verbindung der Organisation mit der CIA zu bestätigen. Ich fand das erheiternd. Waren die besten Spione nicht immer schon die eifrigsten Zeitungsleser gewesen? Vormittags im Kaffeehaus sitzen, die *Neue Zürcher* studieren, das offen zutage liegende als Geheimnis verpacken und – zack! –

an die paranoiden Ignoranten der Zentrale. Natürlich verschlüsselt.

> *Bereitschaft zur Wochenend-, Feiertags- und Nachtarbeit wird vorausgesetzt.*

Ziemlich am Anfang, bei meinem Telefon war wohl der Akku leer, erwachte ich an einem Sonntagvormittag, weil jemand Kieselsteine an die Scheibe warf. Ich schlich auf allen vieren, zwischen den noch herumstehenden Umzugskartons, ans Fenster. Meine Chefin, in flamingofarbenem Kostüm und grotesk hohen Stilettos, stakste im Garten herum und punktierte den weichen Rasen. Die ganze Zeit stieß sie tonlose Schreie aus, ihr Lippen formten meinen Namen im Wechsel mit dem meistgebrauchten Schimpfwort ihrer Sprache, etwa im Verhältnis eins zu fünf. Ich wartete eine Handvoll Kiesel ab, zog mich an und ging hinunter.

Die Frau sprach gerne in Großbuchstaben. Ich müsse SOFORT in die Organisation kommen und ALLE erreichbaren Medien meines Ziellandes auswerten und Bestätigung für eine Meldung finden und UMGEHEND einen Bericht schreiben.

»Wieso?«, fragte ich. Wochenendarbeit okay, aber mit Begründung, bitte.

Der ALLERALLERMEISTGESUCHTE Terrorist sei aufgespürt worden, sagte sie völlig außer Atem und schwenkte ihr Mobiltelefon, auf dem offenbar eine solche Nachricht gelandet war. Wir Media-Analysten nannten ihn »Turban-Toni«; er war der Mann, der stets puren Aktionismus bei meiner Chefin auslöste. Doch es war falscher Alarm. Ein mittleres Provinzblatt hatte eine unscharf formulierte Agenturmeldung falsch interpretiert, eine Schlagzeile allzu flott formuliert, was wiederum die Agentur aufgriff und, um einen eigenen Spin ergänzt, über den Ticker jagte. So wird der Sonntagsdienst zwischen Fußball-Kreisliga und Badeunfällen zum globalen Happening.

Gefordert: englische Sprachkenntnisse auf muttersprachlichem Niveau, besonders im schriftlichen Ausdruck.
Gewandt im Deutschen.
Sehr erwünscht: Arabisch-Kenntnisse.

Kein Problem; bis auf das Arabische. Das konnte keiner von uns, und ich bezweifle, sie hätten einen eingestellt, der es beherrschte: Dafür war das Misstrauen zu groß. Wir Media-Analysten kamen aus aller Herren Länder und sprachen Englisch in der Organisation; so eine Art, denn für keinen von uns war es die Muttersprache. Vielleicht blieben wir deswegen einander so fremd. Wir luden zwar zu Geburtstagsfeiern, zum eigenen, dem des Monarchen, zum Nationalfeiertag, wir servierten unsere Nationalgerichte, ließen das garstige Zeug unbemerkt von den Papptellern in die Mülleimer rutschen und lächelten zur Ablenkung. Aber niemand lud je den anderen zu sich nach Hause ein, selbst wenn einige von uns im selben Apartmenthaus wohnten (ich ganz oben, im kleinen Penthouse, neben der klappernden Aufzugsmechanik). Das alles spielte sich in München ab, wo die Einheimischen mit Fremden oft in ihrer recht eigenen, groben Weise umsprangen, die angeblich eine tieferliegende Herzlichkeit verbarg – gut verbarg. War mir eigentlich egal, denn ich ging selten aus. Zuletzt hatte ich gar keine Kontakte mehr mit den Landesbewohnern. Mit niemand eigentlich.

Dem allmorgendlichen Zeitungsstapel näherte ich mich mit Respekt. Zuerst durchschnitt ich das Packband, das sich mit einem Schnalzen löste. Ich betastete die Blätter, strich mit der Fingerkuppe über die gezahnten Kanten, sah mir die Transportverletzungen an, die eingerissenen Titelseiten, die Verschmutzungen und die zerstoßenen Ecken, bevor ich sie sortierte. Jedes roch anders; bildete ich mir jedenfalls ein.

Wenn man jeden Tag seinen Satz Zeitungen liest, kennt man die Autoren. Man tritt, mit jedem Blatt, ein in einen Salon oft ziemlich schräger Figuren. Für mich waren die Namen und Kürzel Familie, Onkel und Tanten, und jeder Morgen ein Familientreffen, wo ich die üblichen Damen und Herren in den üblichen Ohrensesseln vorfand. Da gab es einmal die Onkel aus dem Wirtschaftsteil, komische Kerle, irgendwie naiv mit ihrem Kinderglauben an »Markt« und »Wettbewerb«, stets bereit zur Verteidigung ihrer erwählten ökonomischen Glaubensrichtung, die ihre aus Quartalsberichten und Bilanzprospekten zusammengeschriebene Bauklötzchenwelt in unbeholfener, kodierter Sprache hinstellten. Und das immer in einem mal beleidigten, mal besserwisserischen Ton und der Zwischenzeilenbotschaft: *Hättet ihr mal auf mich gehört*.

Im politischen Teil hatte ich nur auf Kommentare und Leitartikel zu achten und da im Wesentlichen auf Pro- oder Antiamerikanisch. Wie sagte Madame Chefin? »Ihr seid entweder für uns oder gegen uns.« Auch andere kommentierten, nur hieß das gerne mal »Essay«, wie beim alten Montaigne: die Feuilletonisten, die Schweizer Taschenmesser unter den Journalisten; sie bersten geradezu vor Vielseitigkeit und jederzeit ausklappbarer Allkompetenz. Zu Beginn mischte ich einiges aus dem Feuilleton unter meine Dossiers, fürs Skurrile, den geweiteten Horizont und die Metaebene. Nicht lange, da erschien die Chefin in der Tür und servierte drei ihrer endbetonten Sätze mit Großbuchstaben, wie immer genau auf die Grundlinie:

»Drop the NONSENSE. No more of THAT. Stick to the FACTS.«

Ich versuchte es ein letztes Mal mit dem Argument, das sei Teil des intellektuellen Lebens einer Nation und wichtig, um die Stimmungslage abzubilden, aber Madame Chefin machte »Pffff...*liberals*«, so wie andere »pädophil« sagen.

4

Da der später »Schlacht an der Marne« genannte Feldzug für die Angreifer ungünstig verlief, musste der auf sechs Wochen angelegte Durchmarsch bis Paris als gescheitert angesehen werden, obwohl Angriffsspitzen sogar die Vororte der Stadt erreicht hatten. Die deutschen Armeen stellten die Offensive an der Marne ein und zogen sich zurück, um Frontlinien und überdehnte Transportwege zu verkürzen. Damit endete auch die Aussicht auf ein schnelles Ende des Krieges im Westen. Anfang September wurden die Truppen von Elsass-Lothringen an den rechten deutschen Heeresflügel verlegt, um den Durchbruch im Norden zu erzwingen und an die Kanalküste vorzustoßen. Auch Mannebergs Regiment trat den Rückmarsch auf eine defensive Stellung an. Später sollte die Einheit mit dem gesamten 1. bayerischen Reservekorps in Metz verladen werden.

Von der großen Lage erfuhr Manneberg wenig. Viel glorreicher als die Lage im Kleinen mochte sie nicht sein: In den vierundzwanzig Tagen seit Ausrücken hatte das Regiment die Hälfte seiner Offiziere und die Hälfte der Mannschaften verloren, tot oder verwundet. Die andere Hälfte war schmutzig, erschöpft, müde und unendlich viel älter, die Lauten stiller und die Stillen stumm geworden.

Metz war von Truppen überfüllt. Manneberg kaufte bei

den vielen Bildpostkartenhändlern möglichst unauffällig immer wieder dasselbe Motiv: ein verwundeter Soldat, dem ein Offizier aus der Feldflasche zu trinken gibt, die Szene von unwirklichem Retuschenglanz überstrahlt und unter dem verschnörkelten Titel *Kameradschaft!*. Das Gesicht des Offiziers lag kaum erkennbar im Schatten des Mützenschirms. Dennoch, den ganzen Packen Postkarten versenkte Manneberg nach Sonnenuntergang im Fluss.

Der zweite Tag, den sie auf die Verladung warteten, fiel auf *Rosch ha-Schana*, das jüdische Neujahr. Zuvor hatte ihn wieder ein Soldat einen *feigen Jud* geheißen, hörbar-unhörbar, weil er den Rückzug als notwendige strategische Maßnahme bezeichnet hat: was mehr war, als er sicher wusste, aber war er den Leuten nicht Erklärungen schuldig? Manneberg wanderte durch die Stadt, in der vagen Hoffnung, eine Synagoge zu finden und – wenn schon nicht einzutreten und zu beten, das wäre das erste Mal seit Jahren gewesen – sich in ihren Schatten, vielleicht unter ein geöffnetes Fenster stellen zu können. Ein paar Tage nach Mobilmachung hatte eine der vielen Begeisterungswogen ihn in die Münchner Synagoge hineingeschwemmt. Der Rabbiner verlas den Kriegsaufruf des Reichsvereins der deutschen Juden. Das klang nicht anders als bei den anderen: Es gelte zu zeigen, *dass wir stammesstolzen Juden zu den besten Söhnen des Vaterlandes gehören*. Man erwarte, *dass unsere Jugend freudigen Herzens freiwillig zu den Fahnen eilte*. Und über allem schwebte die unausgesprochene Hoffnung, dass sich nach dem Krieg der alte Judenhass verflüchtigt habe.

An Neujahr hat man Rechenschaft abzulegen, dann werden im himmlischen Gericht drei Bücher aufgeschlagen und

Namen eingeschrieben. Jahrelang hatte ihn das Religiöse kalt gelassen. Sein Name in der Regimentsstammrolle, auf der Promotionsurkunde: das hatte gezählt, und es zählte noch. Das nächste Papier von Bedeutung (sofern es keine Verlustliste war, toi, toi, toi und *mazel tov*), das seinen Namen trug, würde das *Patent für den Oberleutnant* Manneberg sein (sofern der Krieg noch lange genug dauerte) oder eine Ordensurkunde (sofern er Gelegenheit hätte, sich auszuzeichnen). Es könnte aber auch alles anders kommen und die Passagierliste des Dampfers *Helouan* sein, im wöchentlichen Expressdienst des Österreichischen Lloyd auf der Levantelinie Triest–Haifa. Kabine außen. Hundertachtundsiebzig Kronen für die einfache Fahrt.

Klar, dass an einem heißen Sommerabend kaum jemand kommen würde, um diesen Vortrag, »Der jüdische Student in Deutschland und Palästina«, zu hören. Immerhin, die drei zu Semesterbeginn gekeilten Füxe bemühen sich im Hinterzimmer eines Breslauer Gasthauses um Haltung. Manneberg, wenn er vom Blatt aufschaut, bemerkt die gespannten Kiefermuskeln bei den Jungs, die die Zähne zusammenbeißen, um nicht zu gähnen. Das ist ihnen schwerlich zu verübeln; die hatten sich das auch anders vorgestellt, als es im Verbandsblatt hieß: »Um den jüngeren Bundesbrüdern Gelegenheit zu geben, sich gesellschaftlich auszubilden, unternimmt der Verein fast wöchentlich Ausflüge und Dampferfahrten mit Damen.«

Der Alte Herr, der den Vortrag mit ein paar schläfrigen Floskeln eingeleitet hat, schnarcht leise, während

Manneberg die wichtigsten Thesen des vor zwei Jahren verstorbenen Theodor Herzl zur Gründung eines Judenstaats referiert; angesichts des mauen Publikumsinteresses und der Hitze stark verkürzt.

Fragen?, sagt Manneberg am Ende seines Vortrags absichtlich wenig einladend und rafft seine Blätter zusammen.

Jawohl bitte, ich, sagt einer der Füxe. Ist es nicht besser, hier zu bleiben und zu kämpfen, als nach Palästina auszuwandern und Bauer zu werden?

Na schön, fragt Manneberg, was für ein Kampf soll das sein, der den Beweis und uns die ersehnte Anerkennung bringt?

Der Fux ist nicht auf Gegenfragen eingestellt und muss erst nachdenken: Wohl der große Krieg, der alles erneuert und das Überkommene hinwegfegt. Sie selbst absolvieren doch gegenwärtig den Lehrgang zum Reserveoffizier.

Manneberg packt das Manuskript in die Aktentasche und unterdrückt einen ungeduldigen Seufzer.

In der bayerischen Armee. Die preußische, die mir und meiner Heimat viel näher ist, hat sich eingeigelt, aller Gleichberechtigung zum Trotz.

Hat nicht Bismarck erklärt, beharrt der Fux, er gönne den Juden alle Rechte?

Er hat, sagt Manneberg, auch erklärt, dass er alle seine Vorurteile mit der Muttermilch eingesogen habe, und nicht drüber hinwegkönne. Da ist er nicht der Einzige, wie Sie sehr wohl wissen.

Und was sagt Herzl zu den Arabern?, fragt der Fux.

Die Schläfrigkeit von vorhin ist in Wissbegierde umgeschlagen, aber Manneberg hat wenig Lust zu diskutieren. Er will nur hinaus, zum Fluss, ein paar Lagen rudern, über kühles Wasser gleiten, den Mückenschwärmen davon.

Wenig. Nehmen wir einfach an, die Araber freuen sich über die klügsten Köpfe Europas, die mithelfen wollen, aus Palästina die Schweiz des Nahen Ostens zu machen. Studieren Sie also ruhig zu Ende, die Dampfer fahren wöchentlich von Triest.

Manneberg kennt den Fahrplan und die Tarife; das prüft er jeden Monat, für den Fall. Manche Theatergänger sitzen auch lieber nahe der Feuertür, für den Fall. Die Füxe klopfen ein paarmal auf den Tisch und ziehen ab. Er weckt sanft den Alten Herrn. Draußen ruft er den Studenten nach:

Wann Sie gehen, ist nicht wichtig. Ob mit erhobenem oder gesenktem Kopf, ob Sie mit der Tür knallen, ob Sie Ihre Rechnungen beglichen haben, das ist wichtig.

Als Manneberg am Bahnhof von Lourches auf die Plattform sprang, war es Herbst geworden. Nicht über Nacht; es war nur so, dass er auf einmal all die Zeichen sah, die bisher, vor lauter angestrengtem Kriegführen, nicht erkennbar gewesen waren: das flache, weiße Licht der Tage, die kräftigen Farben der Dämmerung, das Erscheinen zuerst des Pegasus am Abendhimmel und dann des Perseus, die Gerüche des Vergehens, die das alternde Jahr ausströmte.

Er führte seinen Zug aus der Stadt hinaus in Bauernland,

das in jede Richtung gleich aussah. Dörfer, einzelne Gehöfte, ein Netz von Staubstraßen, Wäldchen, Hecken, abgeerntete Felder, Baumgruppen, Hügel, eine Landschaft wie ein ungemachtes Bett aus flachgelegenen Plumeaus. Nie sah man weit, und doch, wo die Sonne unterging, spitzten die Türme von Arras über den gekurvten Horizont. Für Manneberg war sie die weiße Stadt, denn an einem Morgen, als er auf Erkundung leise eine Kuppe umrundete, schimmerte das schon sehr zerschossene Arras im Dunst wie gebrochene Eierschale. Die weiße Stadt erschien in diesen Tagen immer wieder, während das Regiment auf einem Rechteck von ungefähr zehn und zwölf Kilometern Seitenlänge herumgeschoben wurde (Südwesten – Nordwesten – Süden – Osten – Westen – Nord – Osten – Süden – Osten – Südwesten), mal war sie seitlich, mal im Rücken, mal geradeaus; aber nie kam er ihr näher.

Immer hatte er das Gefühl gehabt, der Feind sei auf allen Seiten gleichzeitig. *Der Feind,* dachte und sagte Manneberg wie alle anderen. *Der,* weil er seltsamerweise nur im Singular auftrat. Im gelegentlichen Nebel hörte man *ihn, seine* stampfenden Stiefel, die Luftreifen, wenn *er* zur Fahrradtruppe zählte, die Hufe *seiner* Pferde – oder war es *seines Pferdes?* –, wenn *er* ein Schanzloch schaufelte, so nahe, dass Manneberg die Luft anhielt. Und immer wieder fanden sie Tote, unbeerdigt liegengeblieben, Treibgut in den Wellen dieser sanften Landschaft, Krähennahrung.

Vor der weißen Stadt lag ein Hindernis: das weißgekalkte Haus an der Straße von Arras nach Bailleul-Sir-Berthoult, deshalb *maison blanche* genannt. Dort verlief so etwas wie eine Frontlinie; eher ein Riegel von ineinanderfließenden Löchern, Ruinen und hingestrichelten Gräben.

Es sollte der erste durchgeplante Angriff des Regiments sein. Über den Stabsbesprechungen hing mehr als nur ein Hauch von Siegesgewissheit. Krieg stellte sich endlich als komplizierter, aber beherrschbarer Apparat dar: eine Mechanik aus Zahnrädern, Transmissionsriemen, Kraft und Gegenkraft, dosierter Energiezufuhr und feinen Regelsätzen. So wie Dominosteine fallen müssen, nachdem sie in aller Ruhe und methodisch aufgestellt wurden; so sollte es laufen.

Eine halbe Stunde vor dem Sturm ging Manneberg unter den Leuten herum, verteilte Zigaretten, Schnaps aus der Feldflasche. Über ihnen spannte die Artillerie ein singendes und pfeifendes Gewölbe aus Granaten- und Schrapnellbahnen auf.

»Die Gruppenführer zu mir«, sagte Manneberg zwanzig Minuten vor dem Sturm. Noch einmal die Ziele erklären. Wer welchen Baumstumpf, welchen Ackerweg, die Sandgrube, welches Granatloch erreichen musste, wann sie das Nachrücken des dritten und vierten Zuges erwarten sollten. Farben der Leuchtkugeln und was sie bedeuteten. Den Mantel dem Burschen übergeben.

Zehn Minuten noch. Es stank auf einmal nach menschlichen Exkrementen.

»Bajonett pflanzt auf!«

Alles riss die halbmeterlangen Klingen aus den Scheiden. Es dauerte, bis sie montiert waren. Zu viele zitternde Hände.

Die Artillerie setzte auf den Schlag aus. Ein paar Sekunden Ruhe. Trillerpfeifen. Schreien. Brüllen. Pistole aus dem

Halfter gerissen. Manneberg brüllte auch irgendwas, vielleicht sogar »Für König und Vaterland!«, unwahrscheinlich jedoch, weil er die Signalpfeife blies, bis die Wangen schmerzten. Dauernd dachte er: *Glühen.* Glühen muss ich. Mit *glühender* Begeisterung Vorbild sein, so wie es der Regimentskommandeur von ihm erwartete. Beim Kartell Jüdischer Verbindungen hatte es so geklungen: *Wir vertrauen, dass unsere Jugend, in idealer Gesinnung und Mannesmut erstarkt, sich in allen kriegerischen Tugenden auszeichnen wird.*

So etwa? Er musste Leute über den Grabenrand drängen, die Hände am ... verlängerten Rücken bayerischer Bauern, schwer und stur wie Ochsen, die die Schlachtbank riechen. Dann sprang er selbst hinaus, stand geduckt, in den Knien federnd, als ob die Kugeln nur oberhalb von einem Meter fünfzig flögen, spuckte irgendwann die an einer Kordel hängende Pfeife aus (später entdeckte er den Abdruck seiner Zähne auf dem Mundstück) und schrie, während er zog, drohte, lockte und schob:

»Raus! Raus! Losloslos! Vorwärts!«

Kaum war der Zug aus der Deckung, verstummte das befohlene Hurrageschrei, von dem man sich erwartet hatte, es würde den Gegner in Mark und Bein erschüttern. Sie stürzten in die nächsten Löcher und zogen die Köpfe ein. Da war gleich das erste Dominosteinchen, das nicht fallen wollte, wie es sollte, denn die Franzosen erwiderten das Feuer ungeschwächt und zielsicher, als hätte sie der eiserne Platzregen trocken gelassen. Keine zehn Sekunden draußen, dachte Manneberg, und der Plan geht nicht auf; da werden wir uns von Loch zu Loch arbeiten müssen, anstatt voranzustürmen.

Und auf einmal sah er die Hasen, oder Kaninchen? – woher sollte er das wissen. Die Tiere rannten kreuz und quer, der Explosionsdruck platzender Granaten blies sie herum wie Wollmäuse. Manneberg flog in einen Trichter, traute seinen Augen nicht. Da lag schon ein Soldat, und der zielte auf die rasenden Hasen. Hielt mit und schoss.

»Verdammte Viecher«, keuchte der Infanterist, »die fressen uns« – er schoss, lud und legte wieder an – »uns alles zusammen.« Er schob einen neuen Patronenstreifen ein. »Alles fressen sie zusammen, die Wintersaat, die müssen weg, weg, weg.«

»Soldat«, brüllte Manneberg, »zielen Sie verdammt noch mal auf den Feind! Dazu ist er da, dazu sind Sie da!« Führen heißt auch Einsicht erwecken, aber haben Sie da nicht allzu viel Geduld, hatte der Kommandeur seinen jungen Zugführern erklärt.

»Jawoll, Feind, auf'n Feind«, schrie der Soldat im Dialekt. Ein Hase lief ihm direkt vor die Mündung, purzelte und rollte ein Stück, lag still. Der Infanterist kroch vorwärts, mit dem Oberkörper hinaus über den Rand des Trichters, streckte den Arm aus, fingerte nach den Löffeln des Tieres. Manneberg sah fassungslos zu; er hätte den Kerl an den Stiefeln packen und in den Trichter zerren, ihm zwei, drei Maulschellen verpassen sollen – aber der Soldat bewegte sich nicht mehr.

Ein zitternder kleiner Körper schmiegte sich an seine Seite, kaum zu erkennen war das graue Fell auf der grauen Uniform. Einen Moment lang hatte Manneberg das Bedürfnis, den Pelz zu berühren, dann sprang er aus dem Trichter. Da war ein Krieg zu führen, und der hielt sich nicht an die aufgestellten Regeln.

5

Diese Photos. Ich fand sie wieder, weil ein Glas umfiel; umfiel auf dem Karton, der seit Jahren neben dem Sofa stand, auf dem ich lag, wenn ich den Fernseher einschaltete oder las. Der Wein rann in dünner Spur in die Ritze zwischen den Kartondeckeln.

Bei der zweiten oder dritten von mir am Computer gebauten Pizza *Genesis* hatten sie einen Zutatenfehler gemacht (Zwiebeln statt Oliven). Ich protestierte sofort per E-Mail (☹ – ungefähr siebenundvierzig davon), sie schickten die korrekte Pizza und eine billige Flasche Wein hinterher, die ich, wo sie schon einmal ins Haus gekommen war, entkorkte.

Es waren fünf Alben in verschiedenen Größen, zwei Quer- und drei Hochformate. Auf dem Umschlag eines der Hochformate klebte eine Vignette, zwei Kinder, die einander an den Händen hielten und einen Schmetterling bestaunten. Ich schlug es auf und sah einen zerschossenen Graben und einen zerknitterten menschlichen Rumpf, halb zugeschüttet von Erde, einen zerborstenen Karabiner, zersplittertes Holz.

Er hatte jedes einzelne Photo nummeriert und bezeichnet; in weißer Tinte auf schwarzem Karton. Für jede der vier Ecken eines Bildes hatte er einen millimeterkurzen, fünfundvierzig Grad schrägen Einschnitt gemacht. Man sah die grau glänzenden Bleistiftstriche, mit denen er die Einschnitte angezeichnet hatte, und die weißen durchgesteckten Dreiecke der Photos von der Rückseite. Die Schrift musste Sütterlin sein, eine seltsame Verschlingung von Bögen, Zacken und Rundungen, in winzigen Buchstaben, die sich auf bizarre Weise unterhakten.

Ich hatte diese Sammlung von Photos aus dem Ersten Weltkrieg völlig vergessen; der Karton, bei meinem Umzug nach München von einem Packer an dieser Stelle fallen gelassen, war von mir niemals bewegt oder geöffnet worden und hatte als Couchtisch gedient. Niemand hatte damals Anspruch auf die Alben erhoben, damals bei der Verteilung des Nachlasses meines Großonkels Ismar, der ein Haus in einem der besseren Vororte Münchens bewohnte, mit einer von falscher Freundlichkeit triefenden Haushälterin, die uns Kindern riesige Tortenstücke servierte und tat, als hätte sie sie selbst gebacken. Von dem Onkel waren mir eigentlich nur wenige Erinnerungen geblieben: darunter kalter Zigarrenrauch und das Knarzen rissiger Ledersessel in seinem Arbeitszimmer.

Nach dem Krieg – gemeint war wohl der Zweite Weltkrieg – war er »in einer anderen Uniform« zurückgekommen, und wenn man das in der Familie sagen hörte, klang es, als ob man besser nicht weiter darüber redete. Vielleicht war er auch einer dieser Nenn-Onkel, die am Rand lockerer Familienverbände mittreiben, von denen niemand genau weiß, warum – und ob sie überhaupt echte Onkel waren, weil die Verwandtschaftsverhältnisse unklar sind. Mit dem Tod meiner Großmutter hatte der Familienverband sein

Gedächtnis verloren; es gab niemanden mehr zu fragen und niemanden, der fragte.

Als Zwölf- oder Dreizehnjähriger verbrachte ich viele Nachmittage über den Alben, in ihnen. Ich studierte die Bilder und verstand wenig. Die Geduld, die altertümliche Schrift zu erlernen, hatte ich nicht; so blieb den Alben ihr Geheimnis. Ich sah Photos von einem Dorf, das er häufig aufnahm und das mehr und mehr zu einem Trümmerhaufen wurde, aber ich sah nicht, wie das geschah. Die Bäume trugen zu keiner Jahreszeit Blätter, was mich zuerst wunderte (der Explosionsdruck von Granaten hatte sie entlaubt). Ich sah Photopostkarten von Soldatengräbern (*Gruß aus dem Felde* stand darauf; seltsamer Humor), aber kaum eine Leiche; ich sah das verwackelte Bild einer feuernden Kanone, nicht aber, wo das Projektil einschlug und was es anrichtete. Die Kanoniere hielten sich die Ohren zu, wie aber, dachte ich, muss dem Photographen der Schuss in den Ohren gedröhnt haben, und erinnerte mich an die Schwerhörigkeit des Onkels.

Meine Armeen von Plastiksoldaten hatte ich damals schon fast vollständig vernichtet, jede Figur einzeln, denn sie brannten so schön schmelzend, es fielen sausend die Tropfen geschmolzenen Kunststoffs, wenn man sie hoch hielt, eindrucksvoll im Dunkeln, windstill im Keller zwischen Kartons und Gerümpel besonders, und geradezu bei Höchststrafe verboten. Die Modellflugzeuge, die Propellerflieger, Düsenjäger und Bomber waren längst gesprengt mit Krachern und Böllern aus Beständen, die wir an Silvester beiseiteschafften und eifersüchtig horteten. Meine Freunde konnte ich mit den Alben nur kurz beeindrucken; ihnen fehlten die richtig drastischen Bilder. Mir genügte es, und zu rauhen Träumen reichte es auch. Immer gingen diese Bilder an Kopf und Herz vorbei, direkt in meinen Bauch.

Nicht nur die Alben, auch diesen Krieg hatte ich völlig vergessen. Der andere, der zweite, verstellte die Sicht auf die Zeit zwischen 1914 und 1918. Warum war dieser Krieg ausgebrochen? Die Herrscher waren doch alle miteinander verwandt; der Kaiser sagte zu dem Zaren »Nicki«, und der Zar nannte den Kaiser »Willi« – aber unter Verwandten geht es ja oft am heftigsten zu. Sarajevo, der ermordete Thronfolger: Österreich, noch eine Macht im Spiel. Allesamt heillos verstrickt in Bündnisse und Beistandspakte. Der »Erbfeind« westlich des Rheins – als ob man einen Feind wie Opas goldene Taschenuhr vererben könnte. Verdun, Lothringen, Flandern, Tannenberg. Materialschlacht, Stellungskrieg, Kanonenfutter. Krümeliger Film, achtzehn Bilder pro Sekunde, Bewegungen wie im Licht eines Stroboskops, Menschenkrabben huschen über eine Erde, die nach Mond aussieht.

Nach und nach blätterte ich alle Alben durch. Ich suchte ein Photo, das eine Photo, das seltsame, von dem ich immer das Gefühl gehabt hatte, es wolle mich an etwas erinnern. Es steckte genau in der Mitte einer Seite, ein kleines Format, es war unscharf und verwischt, wie aus der Bewegung aufgenommen:

Auf einem Tisch eine Kiste. Dahinter ein sitzender Mann, von dem nur Hals und Kopf zu sehen sind. Er schaut von oben in die Kiste, an die er sich nahe herangedrängt hat. Im Anschnitt rechts die Figur eines stehenden Mannes, seitlich von hinten, Kopf abgeschnitten.

Es war das einzige Bild, das keine Nummer trug, nur die Notiz *Der Spiegelkasten.* Ich schaute es mir eine Weile an und fühlte mich fast wie damals, als Teenager, der von Krieg nur die vageste Vorstellung hatte, aber hoffte, es wäre wirklich das große Abenteuer, das die Photos anzudeuten schienen. Dann steckte ich die Alben wieder in den Karton und aß meine kalt gewordene Pizza.

6

Am Morgen des zweiten Tages nach dem Sturm auf das weiße Haus meldete Manneberg sich freiwillig, um vorne die Lage zu sondieren. Ab und zu knallte es, auch mal ein schwereres Kaliber, deshalb bewegte er sich geduckt, leise, immer Deckung suchend. Die *maison blanche* war ein Haufen schwarzer Schutt, der Dachstuhl lag qualmend und umgekehrt obenauf, wie das Skelett eines Schiffs im Dock. Von hier könne man, so hatte es der Führer einer anderen Kompanie erzählt, die französischen Stellungen entlang der Pappelallee bis nach Arras übersehen. In der Rocktasche trug Manneberg den kleinen Photoapparat, der lange am Grunde des Wäschesacks gelegen hatte, tiefer, als der Arm ohne Anstrengung hineinreichte. Er stemmte sich aus dem Graben, schob sich, eng an die Reste einer Ziegelmauer gepresst, weiter vor. Ein Pioniersoldat legte sein Schanzzeug nieder.

»Vorsicht, Herr Leutnant, da draußen tummelt sich ein Scharfschütze, einen hat er schon erwischt.«

»Bin im Bilde«, flüsterte Manneberg.

Durch die Lücke, die ein ausgebrochener Ziegel in der Mauer gelassen hatte, sah er die Allee, oder was davon übrig war: verkohlte Reisigbesen, schief in den Boden gesteckt. Er tastete nach der Kamera in der Rocktasche, zog sie heraus und wollte eben den Sucher ausklappen, da schlug eine Kugel ein, höchstens zwei Zentimeter vor seiner Stiefelspitze. Ziegelsplitter fetzten umher und sprühten rote Punkte und Linien auf die Uniform. Blute ich schon, dachte Manneberg entsetzt. Er schnellte zurück, trat auf eine Flasche, rollte darüber weg, warf die Arme hoch und verlor vollends das Gleichgewicht – und die Deckung der Mauer. Der zweite Schuss zischte unter Mannebergs Achsel durch, traf irgendetwas und pfiff als Querschläger davon. Er versuchte seinem Rückwärtstaumel eine Drehung zu geben, um endlich ein Bein vor das andere zu setzen und den drohenden Sturz aufzuhalten, erwischte einen Eisendraht, packte zu und stabilisierte sich für eine Sekunde, aber da knallte der dritte Schuss herein, wo, bekam er nicht mit, denn der Draht löste sich mitsamt einem Mörtelbrocken aus der Mauer.

Auf den Ruinen des glorreich und verlustreich erkämpften weißen Hauses gab der Leutnant der Reserve Manneberg den Tanzbären, der nach dem Takt eines unsichtbaren Schützen auf ein Loch zu tanzte und vornüberfiel, Arme voraus, um den absehbaren Aufprall zu mildern, und er flog durch das Loch, schon fast froh um die gewonnene Deckung, im Nachhall des vierten Schusses, dem dicken Dietrich entgegen, der da unten im Keller, im Schutt, auf dem Rücken lag, wie festlich aufgebahrt, fetter und bunter denn je, der Bauch aufgebläht und gelb und grün und blau und violett verfärbt, ein monströses Kleinkind, die dicken Arme ausgebreitet, die Beine, zum Bersten pralle Feuerwehrschläuche, angezogen, Knie gespreizt.

Dann schlug er auf, überraschend weich, und die Tatsache verleitete ihn für einen Moment zu glauben, so schlimm könne dies alles nicht enden, denn getroffen hatte ihn noch keiner der Schüsse – soweit er dies feststellen konnte; da hatte er schon mehr als einen gesehen, der es zuerst nicht bemerkte und sich dann an den Hals fasste und Blut spürte, beispielsweise. Aber diese schillernde Hülle eines verflüssigten und gärenden Inneren, der dicke Dietrich, wenn er es *wirklich* war — er platzte.

Barst mit dem schwachen *Plopp!* einer feuchten Papiertüte und erstickte den Aufschrei, machte ihn blind und taub, aber das spielte keine Rolle, denn der eigentliche Manneberg war drei Meter über der Szene hängen geblieben und sah und ließ sich fallen, nicht lange, nur so lange, bis der schwarze Panther seine Tatze hob und ihm endlich den gewaltigen Schlag versetzte, den er ersehnt und erwartet hatte, nicht aber das Vibrieren und die willkommene Wärme, das sanfte Schnurren, das sich anschloss, während seine Sinne einer nach dem anderen aufgaben.

7

Als ich an dem Morgen, nachdem ich die Photoalben wiederentdeckt hatte, in mein Büro kam, war da kein Zeitungsstapel. Ich merkte es zuerst am fehlenden Duft bedruckten Papiers, dann an dem bonbonartigen Aroma, das frisch ausgepackter Kunststoff ausdünstet. Ein riesiger Monitor stand auf meinem Schreibtisch, Cinemascope-Format.

Dieses Bild sehe ich noch heute vor mir: der schwarz glänzende Bildschirm, und meine Silhouette in der Tür, gespiegelt im Monitor – eine zweifach in Rechtecke eingesperrte, erstarrte Figur.

Zwei

I

»Fortunatus Redux? Sie mussten dich mit einem Schlauch abspritzen. Kennst du mich? Cursus Velox. Hörst du mich? Sie haben dich nach einer Stunde gefunden. Die Artillerie hat den Schützen aus dem Baum geholt. Die Allee flachgelegt. *Fortunatus* Redux. Erinnere dich. Der andere lag seit zwei Wochen in dem Keller, irgendein preußisches Landwehrregiment. Kennst du mich nicht? Hab dich gleich erkannt. Doch, du kennst mich. Deine Uniform ist verbrannt worden. Du hast alles neu. Deine Kamera lag neben dir, ist unversehrt. Fortunatus *Redux*. Du weißt doch. Sie haben dich gewaschen. Sonst hätten sie dich nicht ins Lazarett aufgenommen. Mit der Wurzelbürste geschrubbt. Warst rosa wie ein Schweinchen. Siehst du, du lachst. Mit Verlaub. Bitte, ich war nicht dabei, dieser Arzt hat mir das anvertraut. Nur mir. Vertrau du ihm auch, er ist ein Schlangenbeschwörer. Nur ein Spaß. Ich bin dein Freund, Cursus Velox. *Cursus Velox*. Erinnere dich. Fortunatus Redux. Du bist wieder da. Nichts ist mehr dran von dem ... bist wie neugeboren.«

Nur einer kam, Manneberg zu besuchen. Dieser Besucher erzählte manchmal stundenlang. Zwischendrin schloss Manneberg die Augen, um zu schlafen oder um die Bilder zu verfolgen, die die Erzählungen in ihm erzeugten, und dann war der Besuch weg, wenn er die Augen wieder öffnete.

Oder der Besucher saß schon da, als Manneberg erwachte. Nur kommen oder gehen sah er ihn nie. Wenn er redete, bekam Mannebergs Erinnerung, die weiß und flach wie ein Blatt Papier vor ihm lag, das darauf wartete, beschrieben zu werden, eine Ahnung von Raum und Tiefe. Wer der Mann war, wusste er nicht, anfangs nicht; seine Stimme empfand er als vertraut. Es tat gut, ihm zuzuhören.

»Alle Bewegung geht jetzt in die Tiefe. Abwärts statt vorwärts.

Offiziere, die es gewohnt sind, die Welt vom Pferd zu überblicken, nehmen die Perspektive von Feldmäusen ein. Das gefällt ihnen nicht, die Laune ist, mit Verlaub, unter aller Sau. Dem gemeinen Infanteristen, ohnehin viel auf allen vieren unterwegs, ist der Grashorizont vertraut, nicht aber, dass Wege zu Gräben und Hütten zu Erdlöchern werden.

Wenn du tiefer gräbst, stößt du bald auf Kreide, Kalkkreide. Sie ist weich, mit einem Löffel könntest du Höhlungen ausschaben.

Bald fangen wir an zu tunneln, Stollen bis unter die Füße der anderen. Und dann: Bumm.

Stell es dir als eine große, perverse Stadt in der Erde vor, ohne Frauen, dennoch häuslich aufgemacht, mit Kantine und Latrine, Kranken- und Sanitätsstation; dein Kompaniechef hat sogar ein Gardinchen im Türfensterchen seines Unterstands hängen. An den Telephondrähten trocknen wir unsere Socken.

Ich sag dir: Wir stecken fest. Außerdem fehlt es an Draht, an Baumaterial, an Telephonleitungen, an Scherenfernrohren, Handgranaten, Werkzeug, Periskopen, Karten, Taschenlampen. Vor allem am Handwerk. Stellungskrieg hat keiner gelernt.

Kaum noch Hurra, aber dauernd Hauruck. So sieht es aus, vorn bei uns.

Du verpasst gar nichts. Wir lassen dir noch eine Menge Krieg übrig, mehr als du ertragen kannst«, sagte Rechenmacher und verließ das Zimmer, als Manneberg gerade wieder einmal eingeschlafen war.

Leutnant Rechenmacher war am Tag vor der Erstürmung der *maison blanche* zum Regiment gestoßen. Als Sanitäter mit dem Manneberg, der stank wie ein Kadaver, durch den Graben kamen, drückten sich alle entsetzt oder hämisch grinsend an die Wand oder flohen in die Unterstände. Nur Rechenmacher, dem es schien, als trüge man hier den einsamsten Menschen der Welt vorbei, trat näher. Er ließ die Träger halten und erkannte den Mann, der aus verklebten, geröteten Augen geradeaus in den Himmel starrte, als einen alten, lange vernachlässigten Freund. Nachdem Rechenmacher ein Gespräch mit dem Oberst geführt hatte, brachte man Manneberg in das Divisionslazarett bei Fresnes-lès-Montauban, zehn Kilometer hinter der Front. Dort, hatte Rechenmacher gehört, gebe es einen besonderen Arzt für – solche Fälle, so ungern man auch darüber sprach.

Manneberg, allein im Zimmer, sah:
einen Schrank, eine Tür, ein Fenster, eine elektrische Lampe, einen Spiegel, ein Bett, einen Tisch, einen Stuhl.

In dem Schrank, jenseits des Fensters und der Tür, war wohl etwas, konnte man annehmen, aber Manneberg hatte genug zu tun, das Innere dieses Raums zu erfassen. Abgesehen von Kleinigkeiten wie einer Armbanduhr, einem Wasserglas, einer Flasche und einem Eimer befanden sich hier:

ein Schrank, eine Tür, ein Fenster, eine Lampe, ein Spiegel, ein Bett, ein Tisch, ein Stuhl.

Und ein Mensch.

Manneberg zählte und zählte und zählte. Ein Schrank, eine Tür, ein Fenster, eine Lampe, ein Spiegel, ein Bett, Tisch, Stuhl.

Und ein Mensch. Der zählte. Oder gezählt wurde? Der Mensch ging nicht weg, außer die Schwester kam oder der Arzt oder der Besucher: Dann zählte der Mensch nicht zum Inventar.

Solange er zählte, musste er nichts anderes tun. Nichts denken, sich nichts vorstellen. Das Zählen hielt das andere zurück. Er unterbrach nur, um sich über den Blechkübel zu krümmen. Er spie sich wund, tagelang, und lag in Krämpfen zwischen den Anfällen.

Irgendwann nahm er die Finger beim Zählen zu Hilfe und endete immer auf dem Ringfinger der linken Hand. Das ging nachts besonders gut, denn das tippende Tasten der Fingerkuppen aufeinander hielt ihn wach, und wach wollte er bleiben, solange es ging, bevor es nicht mehr ging und das würgende Krümmen über den Kübel wieder begann. Der lange zurückgedrängte Schlaf kam mit Gewalt und brachte oft furchtbare Träume; es mussten wohl solche gewesen sein, sonst wäre er nicht mit einem Aufschrei und schweißnass erwacht. Er versuchte nicht, sich zu erinnern, an diese Träume und ihre Bilder; er begann sofort zu zählen, in dem ewig gleichen Rhythmus, rund und rundherum.

Er glaubte, wenn der Mensch aus diesem Zimmer verschwand, dann würde auch er es verlassen können. Man brauchte ihn. Er war keiner, der auf Hasen schoss. Ihm fehlte nichts. Und draußen zerrissen sie sich bestimmt die Mäuler. *Drückeberger, jüdischer. Hat die erste Gelegenheit genutzt, um sich zu absentieren. Eine Schande für die Uniform.* Sofort würde er aufstehen und nach vorne gehen, aber er war förmlich hineinbefohlen in dieses Zimmer.

Einmal hörte er jenseits der Tür Stimmen:

Was soll das, Herr Kollege? – einsatzfähig – soll sich zusammenreißen, wie alle – *sechs* Wochen? – schlechtes Beispiel – *in den Nerven erschüttert?* Diagnose, Kollege, nicht Prosa! – fünf Wochen, keine mehr – bedenken Sie – Ihre *Methoden?* Na, lassen wir das – kehrt wieder zurück – versprechen Sie nichts.

Der Arzt kam täglich und setzte sich schweigend für eine Weile ans Bett, nachdem er gefragt hatte, ob Manneberg »darüber« reden wolle. Nur, Manneberg wusste nicht oder wollte nicht wissen, worüber. Da war nichts, was der langen Rede wert gewesen wäre. Ihm fehlte nichts; das war wohl offensichtlich. Der Arzt sagte nie etwas anderes als »darüber« und schien viel Zeit zu haben, doch Manneberg wusste, dass es genau fünf Wochen waren, und darauf rechnete er in seiner Schweigsamkeit. Dann würde er ihn gehen lassen, gehen lassen müssen.

Mir scheint »Fortunatus Redux« angebracht, sagt Rechenmacher, denn wenn du wirklich einmal den Reserveleutnant machen willst, sollst du wissen: Die *fortuna redux* war die Göttin der glücklichen Heimkehr bei Julius Caesars Prätorianergarde.

Und wie ich den mache. Jetzt marsch, marsch, und hol uns noch zwei Bier, sagt Manneberg.

Es ist Herbst, licht und warm, einer der Tage, an denen man Sand in Uhrwerke streuen möchte, damit sie langsamer gehen. Die Hörsäle der nahen Universität sind etwas leerer, der Wirtsgarten im Englischen Garten umso voller, nur im kühlen Schatten des Chinaturms sitzt niemand. Rechenmacher haut zwei große graue Steinkrüge auf den Holztisch, dass ihr Inhalt überschwappt.

Donnerwetter, sagt Manneberg, und du bist die Eilpost oder, wie wir Humanisten sagen, *cursus velox*.

Eine Kastanie in grüner Igelhaut fällt auf den Tisch. Manneberg legt sie vorsichtig in die Handfläche.

Sieh mal, sagt er, kleine Morgensterne sind das, wie ist die Natur doch gewalttätig.

Nur wehrhaft, sagt Rechenmacher.

Der Steinkrug ist kühl und schwer. Manneberg legt die Hände um das Gefäß. Das süße, dunkle Bier klebt etwas. So sitzen hier einige: mit dem Krug verwachsen, auf der Bank verwurzelt, sehen sie dem Schaum beim Verfallen zu. Ab und zu schlägt eine Kastanie ein. Oha, sagen die Männer und rühren sich keinen Millimeter. Spinnfäden flirren im Gegenlicht. Manneberg schließt die Augen.

Sobald die Examen überstanden sind, melde ich mich als Einjährig-Freiwilliger, sagt er.

Und welches Regiment? Rechenmacher trinkt, wischt über den schmalen Schnurrbart und macht sich auf der Bank lang, um der Sonne möglichst viel Fläche zu bieten.

Leibregiment natürlich, Prätorianergarde des Königs.

Niemals. Die bestehen zu drei Vierteln aus Adelsknaben. – Sieh mal.

Rechenmacher kommt wieder in die Senkrechte, zieht den neuen *Simplicissimus* aus seiner Ledertasche. Auf dem Titelblatt die Karikatur eines Leutnants, Monokel im Auge, Heiligenschein ums Haupt, aufs Podest gestellt; drum herum andächtiges Volk mit Kerzen in gefalteten Händen. Rechenmacher liest die Bildunterschrift laut:

Sankt Leutnant. Außer dem höchsten Wesen finden sich in diesem Lande auch Heilige, die göttliche Verehrung genießen.

Manneberg könnte von sommerlichen Kriegsspielen erzählen, vom tückischen Max, vom dicken Dietrich und Dingen, die man sich als Kind geschworen hat und niemals aufgeben wollte, und wie sehr der Vater dafür gewesen ist, weil er ein Photo seines Sohns in Leutnantsuniform im Geschäft hat aufhängen wollen; aber er sagt bloß: Ich muss von allem mehr sein, von einem weniger.

Wie meinst du das?

Manneberg schiebt seinen gegen Rechenmachers Krug, bis der fast über die Tischkante geht.

Ich meine: mehr Patriot, mehr Soldat, mehr Nation, mehr Begeisterung, mehr Arbeit, mehr Fleiß, mehr alles. Und weniger Jude.

Rechenmacher winkt ab: Lass, ich hol uns zwei frische Krüge.

Man hatte ihn nicht behandelt, sofern darunter die Gabe von Tropfen und Pillen zu verstehen war oder das Wechseln von Verbänden. Es war auch nichts zu behandeln gewesen, daran hielt er fest mit einer Sturheit, die auch ihm auffiel. Ihm fehlte nichts, sein Körper war unversehrt. Das einzig Störend-Verstörende war die kleine Zähldiskrepanz. Er hätte gerne gefragt, warum er überhaupt hier im Lazarett war, unterließ es aber, um nicht als unzurechnungsfähig zu erscheinen. Nur keinen Zweifel lassen. Wann immer der Arzt eintrat, schob Manneberg seine Hände unter die Laken und tippte zählend mit den Fingerkuppen gegen seine Schenkel.

Dann brach der Wall, den Manneberg zwischen sich und der Erinnerung hochzuziehen versuchte.

»Zwei Dinge: Morgen muss ich Sie wohl oder übel gehen lassen«, sagte der Arzt, kaum dass er, mit mehr Schwung als sonst, eingetreten war, »und es war nicht der dicke Dietrich, auf den Sie gefallen sind.«

»Was – woher?« Manneberg saß aufrecht und wach wie seit Wochen nicht.

»Ich habe ein paar Verlustlisten durchgesehen. Und wenn Sie mir das erzählen würden, was Sie im Schlaf so vor sich hin reden, könnte ich Ihnen besser helfen«, sagte der Arzt. »Ich wünschte nur, ich wäre früher drauf gekommen.«

Der Arzt zog einen Stuhl nahe an das Bett heran und sah ihm in die Augen, so dass es Manneberg schon fast unangenehm wurde.

»Da draußen werden Offiziere gebraucht, die jeder Situation gewachsen sind. Stimmen Sie zu?«

»Ja.« Nur ein schwaches Krächzen. Ihm wurde heiß, er begann zu schwitzen. Der Würgereiz kam zurück. Er sah den aufgeblähten, roch den stinkenden Körper ... Der Arzt breitete die Hände in einer bedauernden Geste aus.

»Ich muss Sie entweder als ›geheilt‹ an die Front entlassen oder meinen Kollegen übergeben. Und das, glauben Sie mir, das wollen Sie nicht.«

»Nein?«

Der Arzt holte den Blechkübel unter dem Tisch hervor und stellte ihn neben das Bett.

»Erzählen Sie mir davon.«

Das war genau das, was er nicht wollte, aber der Arzt bestand darauf: Wenn es doch offensichtlich unmöglich sei, die Bilder und Gedanken aus dem Kopf zu bannen, warum wolle er, Manneberg, nicht versuchen, sie erst ertragen zu lernen, sie später sogar willkommen zu heißen und ihnen so die zermalmende Wucht zu nehmen, mit der sie ihn nachts im Traum und tags immer dann anfielen, wenn er es nicht erwartete? Manneberg spürte eine von Finger- und Zehenspitzen aufsteigende Taubheit, und er fragte:

»Nur reden?«

»Und zwar alles, jede kleinste Einzelheit. Und wenn Sie zu Ende sind, beginnen Sie von vorn.«

Der Arzt blieb bis zum Abend, bis in die Nacht und in den frühen Morgen. Manneberg redete, erst langsam und zögernd, sparsam mit den Worten, er verwendete nur die allgemeinsten Begriffe. Wenn er stockte, half der Arzt mit »Und danach?«, »Nur zu«, »Wie sah das genau aus?« ... Manneberg setzte wieder und wieder an. Zwei- oder dreimal brauchte er noch den Eimer. Irgendwann am Nachmittag sagte er zum ersten Mal »ich«, nachdem er den Vorfall lange so beschrieben hatte, als wäre er einem anderen zugestoßen. Etwas später sagte er »ein verwesender Mensch« und nicht mehr »das da unten im Keller«. Gegen Abend schwankte er zwischen Erschütterung und Empörung. Wenn er die Bilder sah, dann beschrieb er sie, und sie zerfielen vor seinen Augen, und das, je schneller, je lauter und impulsiver er sprach. Später schrie er, lenkte seine Wut auf den verrottenden Kadaver, der ihm den Sturz so verhängnisvoll gemacht hatte, um dann einzusehen, dass er andernfalls vielleicht mit zerschmettertem Kopf im Schutt gelegen hätte. Ab hier fühlte er sich nicht mehr nur überwältigt und gepeinigt von seiner Geschichte, sie begann abzurücken von ihm. Er wurde der Dompteur, der den schwarzen Panther auf sein Podest befahl.

Als er einschlief, wusste weder er noch der Arzt, ob er nun geheilt sei. Aber er schlief lange und ruhig, und das war ein Anfang.

Rechenmacher und der Kompaniechef erwarteten ihn bei dem Laufgraben, der an der Bahnstation von Bailleul-Sir-Berthoult als ausgetretener Pfad begann und sich nach vorne zu immer tiefer in die Erde senkte. In seiner neuen Uniform schämte sich Manneberg neben den anderen ein wenig; als hätte er nichts mitgemacht, als sei er ein unbeschriebenes Blatt.

Gelbbraune Strohhalme stachen aus der aufgeworfenen Erde; er sah, dass er durch ein Getreidefeld ging, in das neue Furchen gezogen wurden – die Laufgräben, Schlagadern und Venen der Front, sie pumpten hinein und saugten ab, die frischen Besatzungen, Essen, Munition; die Müden, Verwundeten und die Kadaver. Die nächste feindliche Position war immer noch einen Kilometer entfernt. Langsam wurde es gefährlich, den Kopf über den Grabenrand zu heben, und Manneberg spürte, wie sein Rücken sich krümmte und seine Sinne schärfer wurden. Alle paar Minuten knallte ein Gewehrschuss. Im Graben war es unmöglich, die Quelle zu orten. Sie gingen schweigend. Bald hatte er die Orientierung verloren. Alles sah gleich aus.

»Absolute Ruhe ab jetzt«, flüsterte der Kompanieführer.

Die Stille schlug ein. Nebel lag als Deckel über Gräben und Löchern, aus denen alles Geräusch abgesaugt war. Eben waren sie noch in der zweiten Linie gewesen; ein kurzer Quergang folgte, und Manneberg stand im vordersten Graben. Der Kompanieführer beugte sich herüber, nah an sein Ohr:

»C_1, Ihr Abschnitt. Nirgendwo liegen die Franzosen näher, keine fünfzig Meter. Sicht haben wir heute auf zwanzig.«

Ein Meldegänger huschte vorbei, unter die Stiefel hatte er Sandsackfetzen gebunden. Alle paar Meter stand ein Soldat auf einer abgesetzten Stufe, schaute, horchte hinaus. Die Gewehre lehnten griffbereit an der Wand. Zwischen den Posten waren die anderen angetreten: Mannebergs Zug. Als die Offiziere vorbeigingen, nahmen die Soldaten Haltung an, aber in einer schleichenden Verwandlung; zu erfassen am ehesten noch, wenn man zwischen *vorher* und *nachher* die Augen schließen würde.

Manneberg zog den Uniformrock straff, nahm die kurze Reitgerte zwischen Mittel-, Ringfinger und Daumen, trat leise auf, während er die Pupillen jedes Einzelnen suchte und gleichzeitig aus dem Augenwinkel die Reaktion der Nachbarn zu lesen versuchte. Sein Blick allein hatte viel zu leisten: Er musste anspornen und antreiben, Trost und Vertrauen einflößen.

Die meisten hielten seinem Blick stand, sie nickten leicht oder reckten das Kinn vor; zwei, drei Mienen empfand er als spöttisch, aus Bewegungen des Mundwinkels, einer Augenbraue. Da traf sein Blick einen, der auswich, zur Seite sah und auf den Boden, einen, der gar nicht hier sein konnte: der Soldat, der die Hasen schoss. Oder doch? Nach dem Gefecht um das weiße Haus war er vermisst gemeldet. Dieser Infanterist hielt etwas in der einen Hand, das er mit den Fingern der anderen betastete und nun auch nicht mehr verstecken konnte, da Manneberg auf dieses Ding starrte. Der Kompaniechef streckte den Arm aus, zog ihn am Ärmel.

Ein Glücksbringer. Eine Hasenpfote.

Manneberg lachte ohne Laut, aber es schüttelte seinen Körper derart, dass Rechenmacher einen Finger auf die Lippen legte und näher trat, um den aus der Balance geratenen Freund aufzufangen, sollte es nötig werden.

Bitte sehr, bedeutete der Kompanieführer.

Rechenmachers Silhouette blieb noch für einen Moment oben im Abgang zum Unterstand, dann war Manneberg allein. Auf dem Tisch ein Kerzenstumpen im Hals einer Flasche. Das ist das Bier, das sie in dem Garten unter der Chinesischen Pagode ausschenken, dachte Manneberg, als er das Etikett sah. Nach einer Weile stand die Kerzenflamme wie eingefroren. Es roch nach Harz und feuchter Erde. Auf einem Bord ein Telephon, daneben ein Hocker für den Telephonisten. Ein paar Papiere auf dem Tisch: Regimentsakten, Berichte. Die hätte er jetzt wohl lesen sollen. Aber die Bretterwände, die die Kammer auskleideten, wanderten auf ihn zu; aus den Augenwinkeln konnte er das wahrnehmen. Manneberg spreizte die Arme seitwärts und wartete. Nichts berührte seine Fingerspitzen. Dafür spürte er ein Vibrieren unter den Fußsohlen, die Holzbohlen begannen leise zu brummen.

Ein dumpfes Rumpeln drang in den Unterstand, dann fauchte ein Pfeifen heran und ein Krachen, ein Luftstoß löschte die Kerze. Er stürzte in den Graben hinaus, lief nach rechts zum nächsten Posten. Der Mann war nicht mehr da. Es roch nach Pulver, geborstenen Steinen, verbranntem Haar. Es war still. Nicht ganz: Auf einem Metallfetzen, der in der zerwühlten, eingefallenen Grabenwand steckte, verdampfte leise zischend eine Flüssigkeit. Daneben lag eine Hand, die aus einem abgerissenen Ärmel ragte; und deren Finger krallten sich um eine Hasenpfote.

»Man kann die Uhr danach stellen«, flüsterte einer von denen, die dazugekommen waren, »zwölf Mittag auf den Schlag, jeden Tag.«

Manneberg sah auf seine Armbanduhr: wie sich das Handgelenk dabei hervorschob, es wurde ihm übel – er zupfte die Manschette zurück. Ein Infanterist hielt einen Sack auf, der andere begann die Einschlagstelle zu säubern. Ein dritter stand mit einem Eimer Kalk bereit.

»Vierzig Minuten war das Biest unterwegs«, sagte der eine leise.

»Unsinn«, sagte der andere und hielt Manneberg den Spaten hin. »Hab doch den Abschuss gehört.«

»Sie feuern ein paar Sekunden vor elf zwanzig, und hier haut sie Schlag zwölf rein.«

Da war ein matter Schimmer zwischen der Erde und – dem anderen Zeug. Der Soldat machte eine aufmunternde Bewegung mit dem Spaten.

»Drüben nämlich haben sie eine andere Zeit«, sagte der eine und stieß den Sack ein paarmal auf dem Boden auf, damit sich der Inhalt setzte.

Manneberg fischte die Erkennungsmarke aus der breiigen Masse, wischte sie an einem eilig aufgeklaubten Uniformfetzen ab und kämpfte gegen Brechreiz. Der Mann hätte im Arrest sein können, fürs Totstellen. Er hätte in der Zelle sitzen und seine Hasenpfote streicheln können. Ein anderer wäre dann an seiner Stelle gewesen. Vielleicht einer der drei hier, die jetzt dastanden und auf Befehle warteten.

»Sie übernehmen den Posten«, sagte Manneberg zu dem, der den Sack hielt. Einen musste er auswählen; es war nichts Persönliches, auch wenn der mit dem Sack vielleicht zu denen gehörte, die zuvor eine spöttische Miene gezogen hatten. Wenigstens hier war ein jeder so gut wie der andere.

Da endet meine Macht, Manneberg, sagt der Regimentskommandeur, sogar die des Königs.

Natürlich, das weiß er. Er ist grässlich aufgeregt. Vor fast vier Jahren ist er eingetreten in das Königlich Bayerische 1. Infanterieregiment *König*. Heute, es ist der fünfundzwanzigste Juni 1910, läuft der Offiziersaspirant Ismar Manneberg, seit ein paar Tagen Inhaber des Offiziersreifezeugnisses, vor dem Kasino der Marsfeldkaserne auf und ab wie ein zum Strafexerzieren verdammter Gefreiter.

Aber das Reifezeugnis ist einen Dreck wert, obwohl es das beste ist, das je ein Aspirant dieses Regiments erlangt hat. Er kann sie alle hersagen, die Vorschriften, die Heeresgliederung im Frieden und im Krieg, die Armeekorps und ihre Garnisonen, die Uniformierung, Grundsätze der Invalidenversorgung, Waffenkunde – alles. Er hat alle Übungen in Lagerlechfeld mitgemacht und Lehrgänge absolviert, endloses Geschwätz über Pferde, Weiber, Jagd und Hunde ertragen und elende Gelage. Sogar seine Promotion zum Doktor der Rechtswissenschaften hat er zugunsten der Militärkarriere aufgeschoben. Niemals hat er sich gehenlassen, sich eines Lebenswandels befleißigt, den »untadelig« zu nennen die schiere Untertreibung ist; das alles ist durch die erforderlichen Gutachten erwiesen, wie auch sein Patriotismus und Standesbewusstsein, seine politische Zuverlässigkeit und Herkunft aus geordneten und gutbetuchten Verhältnissen; geradezu im Wortsinn: der Vater war ein Tuchhändler.

Aber das und auch das Reifezeugnis ist hier und heute einen Dreck wert, weil es genügt, dass dem Major Schmidtlein von seinem Geldjuden der Kredit aufgekündigt worden ist und er mit einer Sauwut zur Offizierswahl eintrifft; weil es genügt, wenn sich eine einzige schwarze Kugel unter den weißen in dem alten Pokal findet, der die Ja- und Nein-Voten der Korpsoffiziere aufnimmt. Und wenn's der Schmidtlein nicht ist, ein anderer. Einer, der Manneberg für einen Demokraten hält, oder einer, der glaubt, es sei geradezu widernatürlich, wenn ein jüdischer Soldat einem christlichen Soldaten einen Befehl erteilt. Sagen muss er das nicht, es genügt die schwarze Kugel.

Das ist ein Moment (und nicht der erste), da Manneberg sich fragen muss, ob es das alles wert gewesen ist – aber ja! und dreimal ja. Das Offizierspatent, würdig gerahmt an der Wand der Kanzlei, wird kein Mandant übersehen können und keine Kommission, falls er eine Laufbahn im Staatsdienst anstreben sollte. Es muss einfach sein.

Der Regimentskommandeur erscheint vor dem Kasino. Manneberg kann kaum stillstehen. Was wird er sagen? Die ersten zwei Worte machen den Unterschied zwischen vier sinnvollen und vier nutzlosen Jahren aus.

Der Kommandeur sagt: Herr Kamerad –.

Manneberg ist drin.

Bis Weihnachten war keiner wieder zu Hause. Es war, in gewisser Weise, alles schiefgegangen, aber niemand sprach darüber. Der Krieg hielt einen unruhigen Winterschlaf. Gelegentlich wurde geschossen, wie um zu sagen: Wir sind noch da. Mineure begannen Tunnel zu graben bis unter die feindlichen Linien, die gesprengt werden sollten, sobald der Boden auftaute. »Jeder Dachdecker hat eine gefährlichere Arbeit als wir«, sagte Rechenmacher und ließ offen, ob er das gut fand oder bedauerte. Er sagte auch gerne: »Tödlich ist hier nur die Langeweile.«

Es ließ sich aushalten. Manneberg pendelte zwischen dem Unterstand vorne und Bailleul-Sir-Berthoult. Im Kasino aß er von weißen Porzellantellern, in Stellung aus dem Blechnapf wie alle anderen. Der bayerische Kronprinz besuchte die Truppe, verteilte Auszeichnungen. Es gab Lehrgänge, Übungen. Manneberg legte sich ein Pferd zu, erkundete die Gegend und begann wieder zu photographieren. Einmal stieg er, als Gast des Beobachters, im Fesselballon auf. Einige Kilometer vor ihm breitete sich das Frontgeflecht aus wie das Gekritzel eines Kindes auf der Schiefertafel. Bald empfand er die Höhe als bedrohlich und war froh, als er in den Graben zurückkehrte, in den frosterstarrten Schoß der Erde.

Manneberg war nicht wieder in dem Lazarett gewesen, hatte den Arzt nicht mehr gesehen. Die Erinnerung an die *maison blanche* verfolgte ihn kaum, nicht am Tag, selten im Traum. Der schwarze Panther hatte sich schlafen gelegt. Aber, das spürte Manneberg sehr wohl, der würde zusammen mit dem Krieg wieder aufwachen, irgendwann im Frühjahr.

Der Gefreite Haslbeck schuppte sich. Eine milde Spätwintersonne trocknete den Schlamm, der sich in kleinen Platten vom Uniformstoff löste und staubend herabfiel. Der Gefreite hatte große, rauhe Hände, die vor einigen Stunden noch die Kehle eines Menschen umklammerten; jetzt hielten sie einen Bleistiftstummel. Haslbeck war ein Grabenreptil, besaß keinen Hals mehr, denn der Hals diente dem Feind, er reckte den Kopf empor, wo jeder Zentimeter zu viel das Ende einleiten konnte. Besser, ihn einzuziehen, immer tiefer hinein in den Rumpf, wie eine Schildkröte. Haslbeck schob die Zungenspitze in den Mundwinkel, als er schrieb; es kostete ihn sichtlich Anstrengung, er machte den Buckel rund und bog sich über das Papier.

»Herr Leutnant, bitte gehorsamst, wie schreibt sich Offensive?«, fragte er. Manneberg saß ein paar Meter neben ihm und ließ sich von der Sonne wärmen.

»Besser gar nicht, Gefreiter, wenn Sie keinen Ärger mit der Feldpoststelle wollen. Kein Wort über Militärisches.«

Die Stimme kam von der Abschnittsgrenze. Haslbeck verdrückte sich in den nächsten Unterstand und hinterließ dabei ein feines Staubwölkchen.

»Jetzt habe ich dir das Buchstabieren erspart.« Rechenmacher lehnte plötzlich gegenüber an der Grabenwand.

Manneberg blinzelte in die Sonne: Der Mann hatte eine Art, unvermittelt da zu sein: *Cursus Velox*, das passte. Er hatte ihn einmal über das Vorfeld laufen sehen, als er einem Verwundeten zu Hilfe kam, in der Dämmerung zwar, bei leichtem Nebel, dennoch eine maßlos gefährliche Aktion, die den Schützen drüben einen Mordsspaß verschaffte.

»Und du?«, fragte Rechenmacher.

»Ich was?«, sagte Manneberg.

Er wusste schon, was. Niemand erwartete Briefe von ihm. Die Eltern waren tot; vor sechs Jahren verunglückt. Geschwister hatte er nicht, nur ein paar Verwandte; doch die lebten in Gegenden des Ostens, die nun als Feindesland galten. Von diesen Gegenden und den Verwandten hatten sich seine Eltern schon länger ferngehalten; diesen Teil der Familiengeschichte hatte der Vater abstreifen wollen, und mit dem Großvater war sie gestorben. Alte Freundschaften waren abgekühlt; in der kleinen Stadt bei München, in der Manneberg zuletzt als Anwalt arbeitete, hatten sich vor lauter beruflichen Verpflichtungen keine neuen ergeben. Und Rechenmacher – der war damals Bier holen gegangen, und Manneberg, flach auf der Bank, war eingeschlafen und hatte später, als die Sonne kaum noch über den Bäumen stand, einen vollen, aber schal gewordenen und einen halb geleerten Krug Bier vorgefunden – dazu ein paar eingetrocknete Zeichen, mit biernassem Finger auf den Tisch gemalt, von denen er nur noch *Fortunatus Redux* entziffern konnte. Rechenmacher blieb all die Jahre verschwunden, wie vom Erdboden verschluckt. Auf Fragen nach seinem Verbleib hatte er nur ausweichend geantwortet; wirklich fern von ihm sei er ohnehin nie gewesen und wichtig sei doch, dass er jetzt wieder hier sei, in Mannebergs Nähe, oder?

Manneberg konnte das nicht recht überzeugen, doch dann nahm er es einfach, wie es war. Er sah seinen Offizierskameraden an: Schwierig, sich dessen Gesicht einzuprägen, weil es nichts Einprägsames hatte, keine Narben, keinen Bart, nichts, das er nicht mit Tausenden anderen teilte. Es war, wie der Mann selbst, ein Fluidum, das den Moment widerspiegelte, den Augenblick, den man schwer greifen, noch schwerer halten kann. Vor dem Oberst hielt er sich wie ein Oberst – ein wenig darunter, er war ja nicht dumm. Seine Leute, hieß es, liebten ihn geradezu. Im Kasino machte er auf launigen Conférencier, auf Patrouille gab er den Draufgänger.

Dieser Rechenmacher ist immer gerade das, was er sieht oder andere in ihm sehen, dachte Manneberg. Er rückte ein Stück weiter, mit der Sonne. Den Gefreiten Haslbeck hatte er zuvor ein wenig beneidet, obwohl er sichtlich mühsam Wort an Wort gefädelt hatte. Vermutlich hatte er »Ofensiefe« buchstabiert; so sprach er es aus, aber immerhin, er schrieb, er fühlte mit seinem Brief hinaus, irgendwohin, wo jemand ihn erwartete und, vielleicht, liebte oder achtete oder fürchtete.

»Ich – wollte auch gerade schreiben«, sagte Manneberg, ohne nachzudenken, »meinen – meiner –«

»Aber ja natürlich, deiner Frau«, sagte Rechenmacher. Er klang so sicher, dass Manneberg ihn einen Moment irritiert ansah, bevor er sagte:

»Ja. Nein. Meiner Verlobten.«

Manneberg verfluchte sich. Was rede ich denn? Wenn der Rechenmacher auch immer so herausfordernd schaut. Aber alles weiß er auch nicht, und wenn er dreimal so tut.

»Deiner Verlobten also«, sagte Rechenmacher. »Fang an, deinen Brief kann ich gleich mitnehmen ins Stabsquartier. Ich muss beim Oberst antanzen.«

Ganz gleich; den einen Schritt zu viel musste Manneberg jetzt gehen: Was konnte schon passieren. Rechenmacher zündete eine Zigarre an, peilte durch das Grabenperiskop, zog den Mantel aus, faltete ihn sorgsam, setzte sich drauf, schaute in den Himmel, sein Gesicht so blank wie der blaue Himmel, und falls in den Augen auch nur ein Anflug von Neugier oder Spott stand, dann verschleierte das der Rauch der Zigarre. Manneberg nahm eine Kartentasche als Unterlage auf die Knie. Einfach anfangen, dachte er, der Rest kommt dann schon.

Liebe

Oder schreibt man

Liebste – ?

Nein. Dazu brauche ich einen Vornamen – und welcher sollte das sein? –, aber so ginge es, auf die Schnelle:

Meine Liebste,

Darüber noch eingefügt das Datum, *im Felde,* und dann weiter mit:

*ich habe lange nicht geschrieben
und hoffe, es geht Dir gut. Mir geht es –*
Wie geht es mir? Aber das war ja Postkartentext, Wortgeklingel. Postkarten konnte er nicht leiden. Seit dem Untergang der *Königin Luise.*

Unten auf der Straße preisen Zeitungsjungen eine Sondernummer an – Uuuntergang der *Kööönigin Lu-iii-se!* Mit Mann und Maus! Aaal-le ertrunken! –, und während er sich noch wundert, wie Aale ertrinken können, zieht Manneberg die Ansichtskarte zwischen den Briefen hervor, die der Postbote gerade abgegeben hat, und liest: *Mir und Deinem Vater geht es hervorragend. Morgen machen wir eine lustige Ausfahrt.* Er geht flüchtig über die Zeilen seiner Mutter, eher aus Pflichtgefühl; in seinem möblierten Zimmer steht er schon zwischen Tür und Angel, hat alles gepackt, um zu einer Reserveübung einzurücken; eilig ist es, der Zug geht bald.

Auf dem Bild siehst du unser Schiff, ein ganz ein schnittiges!

Da dreht er die Karte um, und das Geschrei der Zeitungsjungen, bis hier nur Lärm ohne Bedeutung, Nagel ohne Hammer, dringt mit einem plötzlichen stechenden Schmerz in seinen Brustkasten ein, in dem Moment, in dem er den wimpelgeschmückten Dampfer wahrnimmt, ein weißer Keil auf unwahrscheinlich blautürkis kolorierten Wellen, an dessen Bug ein wenig retuschiert und deswegen klar zu lesen ist: *Königin Luise.*

Ist doch auch egal. Einfach frisch dahingeschmiert.

Mir geht es hervorragend. Die Stimmung hier vorn ist auch hervorragend. Wir schlagen tüchtig auf den Feind, und er auf uns. Aber wir lassen uns nicht unterkriegen. Unsere Sache wird siegreich sein.

Meine Güte, woher die Floskeln? Lieber ein hundertseitiges Rechtsgutachten formulieren als das. Ich könnte auch Blindtext schreiben. *Ceterum censeo Carthaginem esse delendam. Ex aures asinum.* Aber nein: Wenn der Oberst durch die Schreibstube den Brief öffnen ließe, wäre ich geliefert, Gespött des Regiments. Hat doch was zurückbehalten, der Manneberg, was?

Demnächst schreibe ich Dir mehr. Die Post wird gleich eingesammelt, und wer weiß, wann die nächste Gelegenheit ist.

Ich umarme dich / Sei geküsst und geherzt / Sorge dich nicht / In Liebe, dein – was ist angemessen? Woher soll ich das wissen? Wir sind ja nur verlobt. Außerdem habe ich noch nie einen solchen Brief geschrieben.

Es umarmt Dich innigst, Dein —

Das sollte passen. Als er das Blatt faltete, streifte ihn ein vages Bedauern, dass er schon fertig war mit diesem Brief. Rechenmacher erstickte die Glut der halb gerauchten Zigarre am Stiefelabsatz und schob den Stummel ins Etui.

»Komm, Adresse drauf, ich muss los«, sagte er.

Natürlich, dachte Manneberg, trotzdem wurde ihm seltsam zumute. Er kam sich vor wie ein Urkundenfälscher, Leutnant der Reserve Manneberg, im Zivilberuf Advokat, z. Zt. im Felde bei Arras – schrieb an Tusnelda Tausendschön in Himmelheim, nur so aus Laune – aber schnell, schnell. Straße?

Goethestraße – gibt es in jeder deutschen Stadt. Welche Stadt?

Goethestraße in… München. – Warum denn nicht. Hausnummer? Irgendeine. Dann also:

Goethestraße 9 – der Name, der Name, ein Allerweltsname. *Müller?* Müller meinetwegen.

Vorname? Das ist das Schwierigste. Durch seinen Kopf wirbelten sämtliche weiblichen Vornamen, die er kannte, es waren ohnehin nicht viele; der der Mutter drängte sich vor, was allerdings völlig unmöglich war; eine Delinquentin aus seinem letzten Prozess vor der Mobilmachung, eine Milieudame, nein; oder einen der Namen, die die Artilleristen auf die Läufe ihrer Kanonen schmierten? Was gab's da? An die *lange Lulu* oder die *dicke Berta* etwa? – Nein. *Fräulein*, das ist es: Das enthebt mich des Problems.

An Frl. Müller, Goethestraße 9, München

Rechenmacher kniff die Augen zusammen: »Wer soll das entziffern können?«

Niemand, das ist doch nur ein Spaß, dachte Manneberg, aber nicht, dass dieser Brief je ankommen würde, die Wahrscheinlichkeit war ja wohl zu gering. Und den Absender hatte er besonders nachlässig hingekritzelt. Eine Antwort, falls es denn eine geben sollte, würde bei einem ganz anderen Armeekorps landen, Ostfront womöglich. Ja, da schaute er, der Rechenmacher. Wusste wohl doch nicht alles.

Der Gefreite Haslbeck kam aus seinem Loch gekrochen: »Gehorsamst, Herr Leutnant, nehmen Sie meinen Brief auch mit, bitte?«

Die Ernemann *Liliput* hatte bei dem Sturz in den Keller keinen Schaden genommen. Manneberg hatte die handliche Faltkamera während des Transports in den Norden an einem Bahnhofsstand gekauft. Das Photographieren war sehr in Mode gekommen; jeder Offizier, der auf sich hielt, besaß einen Apparat. Sogar einfache Soldaten knipsten und schickten die Photographien heim; sie taten sich damit leichter als beim Drechseln langer Briefe.

Die *Liliput* war ein primitives Ding. Für eine Aufnahme fasste er das Motiv erst grob im Rahmensucher, dann richtete er durch Kippen und Drehen der Kamera den ausgeklappten Visierstachel auf die Rahmenmitte aus. Und wenn er den mit *M* (wie *Momentverschluss*) bezeichneten Hebel drückte, schnappte der kleine Kasten für den Bruchteil einer Sekunde nach Licht, fraß das in den Rahmen gezwängte Rechteck Wirklichkeit und verdaute es auf die Filmschicht. Jede einzelne Aufnahme verzeichnete er in einem Heft.

65. Minenvolltreffer in vorderer Linie in Abschnitt A.

Jedes Mal, wenn Manneberg die *Liliput* auffaltete und mit sachtem Neigen der Hände den Visierstachel ins Diagonalkreuz des Suchers manövrierte, fand er darin einen ruhigen Trost; im Hantieren mit diesem windigen Apparat, im Blick durch das Rechteck des Suchers, in dem sanften *ritsch*, dem Verschlussgeräusch; und darin, dass man die auf Film gebändigten Bilder einfach fortsenden konnte. Aber das Tröstlichste war doch die Freiheit, den Rahmensucher genau so auszurichten, dass er eben nicht notieren musste:

65. Minenvolltreffer in vorderer Linie in Abschnitt A. Zerfetzter Leib des Infanteristen Fraunhofer, 3. Zug, 9. Komp.

Es brauchte dazu nur die kleinste Drehung des Handgelenks.

Manneberg hatte noch keine einzige seiner Photographien gesehen. Wahrscheinlich waren sie unscharf, flau und schief. Zum Entwickeln schickte er die Filme zu einem photographischen Atelier in München; das auch die Negative aufbewahrte, bis er irgendwann die Auswahl der Abzüge treffen und die Photos auf Alben verteilen würde.

In einer nebligen Nacht Mitte März waren Hindernisse vor den Gräben gewachsen. Zwischen Tausende krumme Pfosten war ein wirres Netz von Stacheldraht, Widerhaken und Stolperfallen gespannt. Auf der anderen Seite war man überrascht, reagierte kaum. Der Hindernisbau kostete das Regiment nur sechs Mann tot und zwei Dutzend Verwundete.

»Jetzt sind wir die Verteidiger«, sagte Rechenmacher, »jetzt müssen die Franzosen angreifen und sich an uns abarbeiten.«

Einen Monat später sah Manneberg durch das Periskop winkende Fähnchen über den Gräben. Die französische Artillerie begann sich einzuschießen. Schwarzes Fähnchen bedeutete zu weit, weißes zu kurz, ein grünes: Schuss sitzt. Batterie für Batterie suchte sich ihre Ziele. Deutsche Scharfschützen jagten die französischen Artilleriebeobachter in ihren vorgeschobenen Löchern. Aber aufhalten ließ sich nichts: Man konnte nur warten, und wer wollte, hoffte oder betete, zur rechten Zeit abgelöst zu sein. Anfang Mai ging das Einschießen in systematisches Zerstörungsfeuer über.

Tagsüber wurden die Linien zusammengeschossen, bis alle Konturen verschwanden, nachts wurden sie wieder hergestellt. Am neunten Mai, nach fünfunddreißig Minuten Trommelfeuer, setzten die Franzosen Punkt zehn Uhr ihrer Zeit zum Sturm an. Drei Sekunden nach zehn raste Manneberg aus seinem Unterstand, als sei der schwarze Panther hinter ihm her.

Als man wieder atmen konnte, das Schlimmste war wohl vorbei, zumindest fürs Erste, machte Manneberg genau eine Photographie. Er hob die *Liliput* vorsichtig über die Grabenkante, vorne bei seinem Abschnitt C$_1$. Es war ein Motiv, wie er es sonst vermied, aber jetzt, nach annähernd achtundvierzig Stunden stetig gesteigertem Artilleriebeschuss aus allen Kalibern, nach Gewehrgeknatter, an- und abschwellendem Geschrei, einem großen Angriff und einem zweiten, kleineren um fünf Uhr nachmittags, wo die Stürmenden nicht mehr wussten, wohin sie ihre Füße setzen sollten, so viel Mensch und weggeworfenes Material lag da schon herum, zwischen den Minentrichtern, die sich in turmhohen Stichflammen aufgetan hatten – nach all dem wollte Manneberg sehen, ob die *Liliput* das fasste, was er selbst nicht fassen konnte, und ob das sanfte *ritsch* des Momentverschlusses die Ruhe in seinem Inneren wiederherstellen könnte, oder ob das Geräusch wenigstens ein bisschen dazu half. Als er diese Aufnahme im Heft notierte,

91. Nach dem abgewehrten franz. Angriff am 9.5.15. Gefallene Franzosen an der Straße maison blanche – Roclincourt

fiel seine Handschrift ungewohnt gezackt aus, die Bleistiftspitze summte auf dem Papier wie eine Tätowiernadel, so dass Manneberg befremdet auf seine Finger sah.

Die 9. Kompanie wurde am Abend aus der Linie herausgezogen; sie hatte kaum mehr halbe Kampfstärke. Er marschierte am Ende der Kolonne; eigentlich war das eher ein ramponierter Wurm, der sich da hinauswand. Die Granate hörte Manneberg durchaus anfliegen, und der geschulte Reflex kitzelte die Muskeln, aber er holte keine nennenswerte Kontraktion heraus; für ein leichtes seitliches Wanken reichte die Kraft, als die Granate krepierte, gerade genug, damit der Splitter nur den Rockärmel vom rechten Ellbogen bis zur Schulter aufschlitzte und sich dort einbrannte. Sonst richtete die Granate kaum Schaden an. Nur ein Mann brach in ein Heulen aus, wie ein Tier, aber keines, das Manneberg kannte; am ehesten noch klang es nach geschlagenem Hund, der Schmerz und gleichzeitig Unterwerfung herausschrie. Die zwei Kameraden, die ihn führten, konnten ihn kaum stützen, so sehr wand sich der Mann. Weiter vorne begann einer die Melodie eines Kinderliedes zu pfeifen, dann hörte er krähend singen:

Es tanzt ein Bi-ba-Butzemann
In unserm Haus herum.
Er rüttelt sich, er schüttelt sich,
Er wirft —

»Halten Sie die Schnauze!«, rief Manneberg nach vorn, so erschrocken, als hätte das Lied ihm gegolten.

Am Verbandsplatz hinter der dritten Linie traf er den Regimentskommandeur, der ihn beiseite nahm und nötigte, mit dem nächsten Transport das Lazarett von Fresnes-lès-Montauban aufzusuchen. Zwar hätte man die Wunde an

Ort und Stelle behandeln können (so wäre es Manneberg lieber gewesen, mit Rücksicht auf seine Infanteristen und seinen Stand bei ihnen), aber es fiel ihm zunehmend schwerer, die Hände ruhig zu halten. Genau genommen kontrollierte er sie gar nicht mehr. Schon beim Gespräch mit dem Kommandeur hatte er die rechte Hand unter die Knopfleiste geschoben; es sah nach einer Schonhaltung des Armes aus und ein wenig nach Napoleon. Vielleicht hatte der auch gezittert, dachte Manneberg. Er ließ den Riss rasch jodieren, der, näher besehen, vielleicht doch eine Naht brauchte. Der Schmerz war erträglich, aber er ärgerte sich, dass er den Splitter weggeschleudert hatte. Die meisten Verwundeten hoben sich die Splitter oder Kugeln auf, wenn sie konnten: immerhin ein Stück Metall, von dem sie in diesem Krieg nichts mehr zu befürchten hatten.

Kurz hinter dem Ortsausgang von Bailleul-Sir-Berthoult spürte er, dass seine rechte Hand stärker zitterte, so stark, dass er sie unter das Bein schieben musste, um sie mit seinem Körpergewicht zu beschweren; bald tat er dies auch mit der linken Hand. Das Zittern wanderte über die Ellbogen hinauf, sie schlugen gegen die Rippen, aber der Fahrer des Sanitätsautos bemerkte nichts. Wie auch, bei seinem unaufhörlichen, lustig gemeinten Geschwätz, das erst endete, als er das Auto stoppte: »Haltestelle Sägewerk! Aussteigen, wer noch kann.«

Das Lazarett von Fresnes-lès-Montauban war in einem hübschen, gänzlich unversehrten Schloss untergebracht. Angeliefert wurde – wie zu besseren Zeiten – an einen Seitenflügel. Sanitäter rissen die Tragen mit den Verwundeten von der Ladefläche, als wären es Gemüsekisten – oder Schweinehälften, dachte Manneberg. Er ging um eine Ecke, blickte seitlich auf eine erhöhte Terrasse. Drei Gestalten lehnten an der Balustrade, rauchten Zigarren und hielten schlanke Gläser in den Händen, wie die letzten Gäste eines Gartenfestes. Am Horizont blitzte es ab und an, von unten, vom Erdboden her. Manneberg suchte lange nach einem Wort und murmelte, als er das Schloss betrat: »Verkehrt, es ist so viel verkehrt hier.«

Ein Arzt erschien, warf einen Blick auf die Wunde: »Da können wir uns die Betäubung sparen. Wird woanders dringender benötigt.« Manneberg sagte nichts. Das Zittern hatte etwas nachgelassen; vorsichtshalber schob er dennoch die Hände zwischen Oberschenkel und Sitzfläche. Der Geruch der Desinfektionsmittel machte ihn nervös; die Ordnung, die Reinlichkeit, die Stille und der Anblick der Rotkreuzschwestern irritierten ihn. Sie trugen das Rote Kreuz als Symbol der Unantastbarkeit auf dem Brustlatz ihrer Kittel, aber sie waren jung, rosig, lebendig und lächelten beständig, als wollten sie sagen: Alles nicht so schlimm.

Weil er den Ausgang nicht gleich fand, musste er einen langen Saal durchqueren. Er ging zwischen einer Reihe von Betten hindurch, achtzehn auf jeder Seite. Er kannte die Männer nicht, sie mussten von anderen Einheiten sein. Manche klagten leise, über weißen Leintüchern sahen ihre Gesichter schwarz aus, so blass konnten sie gar nicht sein. Manche würden nie wieder auf die Beine kommen, selbst wenn sie sie noch besaßen; und das war bei einigen nicht der Fall, wie er an den flach aufliegenden Laken unterhalb der Körpermitte erkannte. Endlich schob er die Tür der anderen Seite auf, froh, diesen Blicken entkommen zu sein, diesen träge aufklappenden Lidern, den langsam von einer auf die andere Wange kippenden Köpfen und den sich langsam schließenden Augen.

Die nächste Tür, die er probierte, war versperrt, eine andere führte in einen Raum voller leerer Betten. Dann nahm er einen Treppenaufgang; vielleicht konnte er so in den Trakt gelangen, über den er das Schloss betreten hatte – umkehren und noch einmal den Krankensaal durchqueren wollte er nicht. Auf den ersten Stufen schon hörte er Stimmen von oben.

»Ich habe wieder Schmerzen«, sagte ein Mann, »und ich kann meine Faust nicht öffnen.«

»So?«, sagte ein anderer. »Der Schmerz wird gleich verschwinden.«

»Aber das kann nicht sein«, sagte der Erste. Er klang verwundert, nicht verwundet – nicht leidend, dachte Manneberg und überlegte, ob diese beiden Worte nicht verwandt sein müssen, wo beides eine Verletzung beschrieb: des Körpers das eine, des Verstandes und seines Funktionierens das andere, wenn auch auf die leichteste Art.

»Doch, doch«, sagte der andere. Er klang kühl und überlegt. Manneberg kannte diese Stimme.

»Wo er doch nicht mehr da ist«, sagte der Verwunderte, und der Kühle antwortete: »Darüber entscheidet Ihr Gehirn ohne Sie.«

»Ich könnte den Finger darauf legen.«

»Welchen?«, hörte Manneberg den Kühlen sagen; ein neuer Ton schwang mit, ein Lachen, aber mit einer Andeutung von Wärme.

Er schlich fünf Stufen abwärts und stieg kräftig aufstampfend wieder hinauf, trat in einen Gang, sah eine halb geöffnete Tür, klopfte, grüßte formell, als er die Rangabzeichen des Arztes erkannte. Ein Mann saß an einem Tisch, in Unterhemd und herabgelassenen Hosenträgern. Sein rechter Arm fehlte von der Schulter weg, an der linken Hand alle Finger bis auf den Daumen.

»Ach, Sie sind das, Leutnant?«, sagte der Arzt, nachdem er kurz aufgesehen hatte. Er schien etwas im Inneren einer hölzernen Kiste einzurichten, möglicherweise zog er eine Schraube an. Dann schob er die Kiste über die Tischfläche auf den sitzenden Mann zu.

»Verzeihung die Störung, Herr Hauptmann, ich suche den Ausgang.« Er erkannte den Arzt wieder, die fein gezeichneten Gesichtszüge, die Augenbrauen und den dünnen Oberlippenbart wie Kohlestriche auf rotbronzenem Teint. *Sein* Arzt. Und er wusste nicht einmal, wie er hieß.

»Den suchen wir alle«, sagte der Arzt. Er wirkte sehr konzentriert, nicht unbedingt darauf aus, sich um den unerwarteten Gast zu kümmern.

»Bitte wie?«, sagte Manneberg. Jetzt lenkte er seine Aufmerksamkeit auf die Kiste; den Hauptmann konnte er kaum noch länger anstarren, ohne dass es unhöflich wirken musste. Der Einarmige rutschte näher und presste Brust und Schultern an die obere Schmalseite dieses Kastens, der aus alten Munitionsbehältern hergestellt worden war; Manneberg erkannte eine verblasste Kaliberangabe: 7.62 x 57. Etwas im Inneren des Kastens warf einen Reflex der Glühbirne zurück an die Zimmerdecke. Er wäre gerne näher herangekommen. Was war das für ein seltsamer Kasten? Unten sägten Chirurgen Arme und Beine im Akkord, hier oben machte dieser

Doktor, der anders war als die anderen, Experimente mit Amputierten. Manneberg wurde neugierig, aber er getraute sich nicht zu fragen.

»Gehen Sie weiter, dann kommen Sie raus. Bloß nicht stehen bleiben.«

»Verzeihung: nach links oder rechts?«, fragte Manneberg und bog den Oberkörper in Richtung des Ganges und zurück, dann korrigierte er seinen Standpunkt um den halben Schritt, den er brauchte, um etwas mehr von dem Kasten zu sehen. In der Bewegung hatte er die *Liliput* aus der Rocktasche geholt und ausgeklappt. Aber der Arzt achtete ohnehin nicht auf ihn. Er sagte:

»Falls Sie interessiert sind an meinen, sagen wir, neuartigen Methoden, Leutnant, besuchen Sie mich gelegentlich.«

Manneberg salutierte, schlug sogar die Hacken zusammen und machte kehrt, als wäre er auf dem Exerzierplatz.

»Also«, sagte der Stabsarzt, »fangen wir an. Sie bewegen den rechten Arm.«

Diesen letzten Satz hörte Manneberg noch, als er die *Liliput* über die Hüfte schob und, blind gezielt im Gehen, kurz eingefroren zwischen zwei Schritten, den Momentverschluss betätigte, hoffend, er habe für diesen einen Moment das Zittern seiner Hand bezwingen können.

Bailleul-Sir-Berthoult, im Ruhequartier. Eine Granate hatte das Dach abgedeckt und ein Loch in die Zimmerdecke gerissen. Sterne über dem Kopfkissen. Manneberg konnte nicht schlafen, aber auch nicht wach sein. Sobald er die Augen schloss, sprang ein Projektor an. Irgendwo am Hinterkopf stand der kleine Apparat und strahlte auf das Innere seiner

Augenlider: So stellte er sich das vor. Nur war der Filmvorführer nicht dazu zu bringen, die Rolle zu wechseln; aber die Bilder vom Angriff, wie immerzu Soldaten aus dem Boden quollen und fielen fielen fielen, schrien schrien schrien – das wollte er, konnte er nicht mehr sehen. Der Panther, wenn er nun erschienen wäre und die Tatze über seine Augen gelegt, ihm einen gnädig leichten Schlag verpasst hätte, er wäre willkommen gewesen. Manneberg hielt die Augen auf und horchte in sich hinein, ob neben dem Geschrei und dem Lärm nicht noch etwas anderes wäre. Er dachte an den Arzt – der ihn wiederhergestellt, dem er nie gedankt hatte –, an seine ruhige Besonnenheit, an diesen seltsamen Kasten und den Mann, der eine Faust mit der Hand ballte, die er nicht mehr besaß. Für einen Arzt, der so etwas zu kurieren versuchte, konnten zitternde Finger wohl keine besondere Schwierigkeit darstellen; er traute ihm überhaupt alles zu. Und da fiel ihm wieder ein, was er im Gehen gehört hatte und dass damit etwas nicht stimmen konnte:

Hatte der Arzt *rechten* Arm oder *linken* Arm gesagt?

2

An diesem Morgen, der alles änderte, klebte ein kleiner, gelber Zettel auf dem Monitor.

Media Analysts:
Die Zeitungsabonnements wurden aus Kostengründen eingestellt. Verwenden Sie ab sofort die online verfügbaren Seiten der Zeitungen. Alle anderen Standards und Prozeduren bleiben unverändert.

Einem Kind das Spielzeug wegnehmen könnte nicht gemeiner sein. Ich glaube, ich pendelte eine halbe Stunde auf dem Drehstuhl, linksrum und rechtsrum, wie ein unter Hospitalismus leidendes Zootier. Vielleicht hing mir auch ein Speichelfaden aus dem Mundwinkel. Jeder, der mich gesehen hätte, hätte mich für debil und senil gehalten. Dann wirbelte Empörung auf. Die Organisation hatte die Regeln gebrochen; für Bildschirmarbeit hatte ich nicht angeheuert. Ich fühlte mich betrogen. Kündigen hätte ich sollen, auf der Stelle. Ich war ein professioneller Zeitungsleser und stolz darauf – offenbar als Einziger. Die Kollegen, die ich bei der Kaffeemaschine traf, taten gleichgültig bis erfreut: Nie mehr schwarze Finger. Außer mir bedauerte niemand den Abschied von den Zeitungen. Ich ereiferte mich, schwatzte irgendwas von Berufsethos daher, hielt ihnen vor, sie wollten es sich nur mit *copy/paste* bequem machen.

»Na wenn schon«, sagten sie. »Warum sollen wir uns für die Ignoranten anstrengen? Oder werden deine Dossiers etwa gelesen?«

Den Rest des Tages verbrachte ich damit, Lesezeichen im Browser zu speichern, für jede der Zeitungen und die Ressorts, die ich üblicherweise auswertete. Nach wie vor wurden von mir Berichte erwartet. Deadline jeden Tag 17.30 Uhr. Vielleicht war die Sparmaßnahme nur vorübergehend? Lächerliche Hoffnungen hielten mich von sofortiger Resignation ab.

Die meisten der Online-Seiten sah ich zum ersten Mal. Oben, unten, seitlich, überall flimmerte, blinkte, quäkte Werbung der dümmlicheren Sorte – eine Qual. Kurz erwog ich, zum nächsten Kiosk zu gehen, verwarf aber die Idee: ich würde nur ein paar überregionale Blätter bekommen.

Natürlich wusste ich, wie alles funktionierte. Ich bin zwar nicht mit dem Internet groß geworden, so wie es *digital natives* stolz von sich sagen – nein, andersrum: Das Internet ist mit mir groß geworden. Und noch bevor das gigantische, allumspannende Netz existierte, gab es unzählige kleine Netze: Mailbox-Systeme, die einen oder zwei User gleichzeitig bedienen konnten, bei denen man, via Telefonleitung, die Worte noch Buchstabe für Buchstabe entstehen sah, Fluoreszenzgrün auf Kathodenstrahlröhrenschwarz.

Für mich blieb das weltweite Netz über die Jahre ein (immerhin brauchbarer werdendes) Werkzeug, mehr nicht. Das sollte sich ändern, aber an dem Tag, als die Zeitungen verschwanden, wusste ich das nicht.

Ich war in keinem dieser Online-Asyle Mitglied. Ich »folgte« niemand, hatte keine »Gefolgschaft«; da wäre ich mir wie Hänsel (allerdings ohne Gretel) vorgekommen, beim Ausstreuen dieser digitalen Brotkrumen. Wenn ich meinen Allerweltsnamen in die Suchmaschine eingab, ging der eine Eintrag, der – vielleicht – mir galt, im Rauschen von Hunderttausenden Treffern auf. Meine paar Freunde waren längst virtuell geworden; nicht erst, seit ich nach München gezogen war. Die meisten Nummern hatte ich verloren, als mein Mobiltelefon aus der Hemdtasche geglitten war, die E-Mail-Adressen waren in einem Festplattencrash verpufft. Wer macht schon Sicherungskopien? *Digital natives* vielleicht?

Schnell nervte mich der Bonbonduft des Monitors, bald ging mir alles andere auf die Nerven, mehr denn je: die Chefin, die den Kopf durch die Tür schob und fragte, ob alles okay sei, ohne irgendeine Reaktion abzuwarten, meine gleichgültigen Kollegen, mit denen kein Aufstand zu machen war. Ich bekam Kopfweh. Und Nackenschmerzen. Mein rechter Unterarm krampfte. Am Ende des ersten Tages schob ich eine Betonmaus herum, und auf die Tasten musste ich mit der Faust hauen. Dazu Entzugserscheinungen: Mir fehlte das Rascheln beim Blättern, der Geruch, das Panorama einer aufgeschlagenen Zeitung, das intuitive und rasche Zurechtfinden zwischen links oben und rechts unten, vorne und hinten. Zum ersten Mal in diesem Job fuhr ich pünktlich nach Hause. Eigentlich rannte ich davon.

Daheim wickelte ich ein kühles feuchtes Handtuch um meinen brennenden Mausarm (konnte kaum die Finger bewegen), baute mühsam eine Pizza zusammen (mit links) und schaltete den Computer aus. Von dieser Kiste hatte ich fürs Erste genug. Ich stand auf, sah mich im Zimmer um und holte die Photoalben aus dem Karton. Wenn der Onkel heute lebte, dachte ich, würde er seine Bilder ins Internet stellen und sie mit aller Welt teilen?

Share this! Tell a friend!
Heute einundzwanzig Friends verloren.
Neue Rekruten als Ersatz adden?
Interessant, im Netz gab es noch den Imperativ.
Schreibe einen Kommentar!
Bewerte dieses Bild!
Empfehle dieses Bild einem Freund!
(Es muss »empfiehl!« heißen, aber im Netz herrscht gefühlte Grammatik.)

Der Pizzamann klingelte. Wenn das, was da aus dem Karton rutschte, eine *Pizza Genesis* sein sollte, dann war auch diese Schöpfung misslungen. Ich aß wie immer mit den Fingern und blätterte mit der anderen Hand. *Old media,* in der Tat, aber nach diesem katastrophalen Tag näherte ich mich geradezu mit Zärtlichkeit dem strukturierten Albumkarton und der dick aufgetragenen Tintenschrift, die ich zwar ertasten, aber immer noch nicht lesen konnte. Immerhin entzifferte ich die Nummern.

Ein breitformatiges Photo hatte er quer über eine ganze Albumseite eingepasst. Rechts zeigte es eine Allee kahler Bäume, schrumpfend bis zur niedrigen, links nach rechts abfallenden Horizontlinie; vorne unten, etwas unscharf, ein Erdhaufen vielleicht. Im Vordergrund offenbar die Reste eines Drahtverhaus, auf der Wiese draußen verstreute helle Bündel, die an der Böschung zu der Allee sogar gehäuft auftraten. Ich ließ das Pizzaachtel fallen. Da lagen Tote. Eine Menge. Stand ja auch drunter:

91. Nach dem abgewehrten franz. Angriff am 9.5.15.

Gefallene Franzosen an der Straße maison blanche – Roclincourt.

Mit ein bisschen Raten und etwas Kontext gelang mir die Entzifferung. Nur bei der letzten Ortsbezeichnung war ich mir nicht sicher, Namen sind Namen. Ich wusste nur, dass das irgendwo in Nordfrankreich sein musste, hätte nur den Computer einschalten und eine Karte der Gegend aufrufen oder Großmutters *Stielers Hand-Atlas* von 1907 herausholen müssen; da stimmten sogar noch die Grenzen. Für beides war ich zu faul. Aber ich trieb eine Lupe auf und sah mir das Photo genau an.

Zwei Meter vor dem Draht liegt einer auf dem Gesicht. Ein paar Meter links liegt einer auf dem Rücken, die Beine angezogen. Dahinter Beine in Stiefeln, über den Rand einer Kuhle gestreckt. Die Allee entlang liegen sie dicht an dicht, auch übereinander. Und verstreut über die ganze Fläche. Ich zählte mindestens fünfzig. Komisch, das Photo war letztlich nichts anderes als das, was man in Geschichtsbüchern sehen konnte, aber ich fühlte mich diesen Toten irgendwie verbunden; vielleicht weil sie jemand photographiert hatte, den ich kannte.

Die Abzüge waren von unterschiedlicher Qualität. Mal auf festem Karton, oft nur lappiges Papier mit unregelmäßigen, nicht parallelen schwarzen Rändern, mit der Schere zugeschnitten. Manche trugen einen unheimlichen Gruß, schärfere oder verwischte Fingerabdrücke, die entstehen, wenn man den Abzug mit den Fingern aus dem Entwickler- oder Fixierbad fischt. Diese Photos mit dem Echtheitsstempel faszinierten mich besonders. Keine Ahnung, ob das die Abdrücke meines Onkels waren, ich nahm es einfach mal an. Bilder entwickeln ist ja keine Kunst, und dunkle Erdlöcher hatten die dort genug.

Und immer nur die knappsten Vermerke. Zeit, Ort, abgebildete Personen. Manche Photos klar aus niedriger, aus Grabenperspektive geschossen – zischten da Kugeln herum, als er auf den Auslöser drückte? Wiederkehrende Gesichter, Namen. Der Onkel selbst war nur auf wenigen Photos zu sehen.

246. Im Obermayergraben. – Er, lächelnd, mit den Händen in der Rocktasche, Fernglas umgehängt, locker angelehnt an die Grabenwand.

439. Mit Rechenmacher vor dem Schloss in Fresnes. – Er und ein anderer Offizier, der selbstsicher in die Kamera lacht, während der Onkel verlegen lächelnd nach unten sieht. Sitzen in vertrauter Pose, untergehakt. Waren die beiden Freunde, oder ist das nur eine kameradschaftliche Geste?

Ich packe die Alben an diesem Abend nicht mehr weg. Den weinbefleckten Karton entleerte ich, um ihn endgültig flachzumachen. Das würde ich alles herausbekommen, wer, wo, was, wann, das konnte ich recherchieren, die Orte, die Namen, die Regimenter, die Schlachten, die Friedhöfe etc. Wenn ich schon tagsüber die Wirklichkeit als bunt flirrende, flüchtige Projektion auf einen Monitor erleiden musste, durfte ich abends doch in die schwarzweißgraue Welt eines Offiziers des Ersten Weltkriegs eintauchen.

Bevor ich zu Bett ging, sah ich mir noch einmal die Aufnahme mit dem Spiegelkasten an. All die anderen Motive – Grabenleben, Ruinen, Menschen – waren so eindeutig, so sorgfältig ausgewählt, aufgenommen und sinnvoll beschriftet. Nur dieses eine nicht. Ich wurde das Gefühl nicht los, dass da eine höchst seltsame Geschichte dranhing, die gelegentlich jemand erzählen sollte.

An Arbeitstag Nummer zwei der neuen Epoche drehte ich als Erstes den Monitor auf Hochformat, ich war ja nicht im Kino. Mein Schreibtisch war jetzt viel zu groß. Die bunten Klebefähnchen, mit denen ich die interessanten Stellen zu markieren pflegte, konnte ich wohl wegwerfen, Schere und Klebstoff ebenso. Dann wusste ich nicht, wie ich anfangen sollte, und saß eine Weile nur da.

Normalerweise – in der alten Epoche – begann ich mit einem schnellen Vergleich der Titelseiten der überregionalen Blätter: erstes Indiz für das, was heute wichtig war. Dann sah ich nach, was die Klowand der Nation, das größte der Schmierblätter, auf der Eins titelte: für einen Eindruck von dem, was in der Hauptstadt für Volkes Stimme durchgeht (und zur Unterhaltung: Wenn schon sonst nichts, Schlagzeilen konnten sie texten). Anschließend prüfte ich die Wirtschaftsblätter: um die Haltung derer festzustellen, die sich für die eigentlichen Herrscher im Lande hielten. Dann die Regionalblätter, von Süden nach Norden.

Das war Phase eins. Da hatte ich meist schon ein gutes Gefühl für die Lage.

In Phase zwei blätterte ich durch die tieferen Lagen der Zeitungen. Sport und Lokales, außer in speziellen Nachrichtenlagen, warf ich weg. Die »Vermischten Meldungen« durfte ich nicht übergehen. Hier bedienen die seriösen Blätter ihre Leser; vorne machen sie auf Oberlehrer und Schweinchen Schlau, auf der Rückseite werden die Süßigkeiten verteilt: Prominente, Sex, Verbrechen, all das interessante Zeug.

Das Feuilleton war – nach Ansage der Chefin – für mich leider *off limits;* dabei bin ich ein Mensch von Kultur.

In Phase drei sah ich die Kommentarseiten durch. Da hatte ich ein Punktesystem entwickelt: Kommentatoren-Qualitätskoeffizient (zwischen null und eins) multipliziert mit der durch hundert geteilten Zeilenzahl, plus ein Wert zwischen eins und drei für sprachliche Gestaltung, Kontroversialität und argumentative Linie (falls vorhanden). Nach Laune rundete ich auf oder ab, um die gefühlte Wichtigkeit des Kommentators mit seiner tatsächlichen Bedeutung abzugleichen. Etwas Voodoo war da schon dabei, zugegeben.

In Phase vier die übrigen Seiten des politischen Teils und die größeren Berichte in der Wirtschaft.

Bis zum frühen Nachmittag hatte ich Stapel ausgerissener Seiten über den Tisch und den ganzen Raum verteilt. Dutzende Klebezettelchen signalisierten mir Fundstellen, Textart, Relevanz, Aktualität etc. – ein ausgefuchster Farbcode, den nur ich lesen konnte. Als Nächstes, nach einer Kaffeepause, würde ich, innerlich summend vor Erregung, damit beginnen, meinen Bericht zu schreiben, einen neuen Versuch starten, aus Wirklichkeit gewonnene Worte zu interpretieren und selbst in Worten geronnene Wirklichkeit zu erzeugen.

Früher.

Jetzt glotzte ich auf eine mattschwarz glänzende Kunststoffscheibe, sah mich selbst mit hängendem Kopf und hätte heulen können.

Die kurze Version ist: Es ging, irgendwie. Ich schrieb meine Berichte, die anstandslos passierten, solange die Wortzahl stimmte und der Unsinn nicht schon in den ersten fünf Absätzen steckte.

Die lange Version folgt hier.

Die Berichte waren Mist. Aber niemand beschwerte sich, was mir bewies, dass niemand sie las. Niemand von Verstand.

Ich klickte mich durch.

Klebezettelchen konnte ich schlecht anbringen, also machte ich Ausdrucke. Die sahen aber alle gleich aus und wurden ohnehin bald von der Chefin verboten – zu teuer. Ich machte Notizen von Hand, konnte meine Schrift nicht entziffern. Außerdem tat mir das Handgelenk von dem ewigen Mausgeschiebe weh. Ich begann meine Notizen in ein Textprogramm zu tippen; das dauerte zu lange. Ich speicherte bemerkenswerte Artikel als ganze Webseiten, verlor den Überblick in den Ordnern und Dateien.

Nach vier Wochen gab ich auf und arbeitete mit zwei Zeigefingern. Natürlich verbarg ich das vor den Kollegen, die ich zuvor noch dafür verhöhnt hatte.

Befehlstaste C

Befehlstaste V

Nach dem Kopieren & Einfügen folgte »ordnen & verschmelzen« – hat Flaubert gesagt, aber anders gemeint. Er sagte auch: »Man muss die Wirklichkeit als Sprungbrett benutzen.« Genau, so stand ich früher federnd auf meinem Sprungbrett, bereit für einen kühnen Abflug. Jetzt war es morsch, und ich knallte auf den Grund eines leeren Beckens.

Das war noch nicht das Schlimmste. Wäre ich Bildhauer, würde ich sagen: Mein Material hatte sich verflüssigt, mein Stoff zerfiel, sobald ich danach griff. Wenn ich nach einer Klickrunde wieder bei meinem Leitmedium, der Webseite eines Wochenmagazins, angekommen war, war sie schon verändert. Die anderen mutierten nicht so schnell, aber sie mutierten; auch, weil sie voneinander abschrieben.

Das Wichtige nach oben, nicht? Aber das bleibt nicht dort. Alles sackt durch. Was um 9.00 Uhr, zu Dienstbeginn, noch ganz oben als menschheitsverschlingende Katastrophe herausgeplärrt wurde, war um 12.30 Uhr nur mehr durch engagiertes Drehen am Mausrad aufzufinden. Um 17.30 Uhr war vielleicht eine anklickbare Überschrift übrig. Die Titelseite einer Zeitung ist ein Menü: Du hast die Wahl. Die Topseite im Netz ist Rolling Sushi: Greif zu, solange es frisch und knackig ist.

Daraus konnte ich doch keine zuverlässige Einschätzung herstellen! Wenn ein Blatt dies oder jenes auf die Eins stellte, spielte die Position über oder unter dem Knick eine Rolle. Vielleicht war es sogar der Aufmacher, vielleicht gab es einen Kommentar oder Leitartikel dazu. Es war ihnen zwanzig oder zweihundert Zeilen wert. Der Chefredakteur schrieb oder die Ferienpraktikantin, der linke oder der rechte Kolumnist.

Und weil im Netz jede Meldung nur eine kurze Halbwertszeit hatte, bevor sie nach unten ins Purgatorium rutschte, wurde sie (jedenfalls auf den einschlägigen Krawallseiten) wie eine aufgedonnerte Nutte an den Bordsteinrand geschickt, egal ob minderjährig oder überfällig, und zeigte, was sie hatte:

Staaten rüsten zum Weltkrieg der Währungen
US-Banker warnt vor neuem Finanz-Tsunami
Die Zeit ist reif für eine neue Pandemie
Surfen im Internet verändert das Gehirn

Und so weiter. Silikon, Schminke, Reizwäsche. Selten hielten die Artikel, was die Überschriften versprachen. Aber dann war man schon in die Falle getappt und hatte geklickt, und die Klicks sind das, was zählt. Früher kamen die Nachrichten aus dem Ticker, heute machten sie die Klicker. Die Welt hält ja wirklich eine endlose Zahl an Katastrophen bereit, aber will man die andauernd ins Gesicht geklatscht bekommen? Ich verlor die Fähigkeit, das Ganze zu übersehen. Es konnte immer nur *eine* Nachricht, *eine* Katastrophe geben.

Der Sommer begann früh in dem Jahr, von dem ich berichte: Ich merkte es nur an den Artikeln zur bevorstehenden *Schlimmer-als-je-zuvor-wegen-des-milden-Winters-werdenden-Zecken-Saison* (so viele, dass ich mich überall und dauernd kratzen wollte).

Ich nahm alle Tage den Lift in die Tiefgarage, stieg nach fünf Schritten in mein per Timer je nach Wetterlage vorgeheiztes oder gekühltes Auto, fuhr zur Organisation, parkte in der Tiefgarage, nahm nach wieder fünf Schritten den Lift und verbrachte den Tag in einem klimatisierten Büroraum, um nach umgekehrter Reise in meiner ebenfalls klimatisierten Penthouse-Wohnung zu landen.

Früher war ich mit den Kollegen ab und zu ein Bier trinken gegangen. Nicht mehr. Die waren alle glücklich mit der neuen Situation und verspürten wenig Lust auf mein Genörgel. Ich hätte sie fragen können, wie sie es sich eingerichtet hatten, aber dazu war ich zu stolz. Nein, zu dumm. Wetter, Tageszeiten, frische Luft? Nicht für mich. Was ich brauchte, ließ ich kommen, per 3-K-Methode: Katalog, Kreditkarte, Kurierdienst. War ja immer und alles online zu haben, sogar Berliner Luft in Dosen. Nur als ich merkte, dass man einen Haarschnitt noch immer nicht im Netz bekommt (vielleicht was fürs Web 3.0?), bestellte ich eine elektrische Schere und rasierte meinen Schädel blank. Dafür ließ ich den Bart wachsen und sah irgendwann aus wie ein Mullah, zum Entsetzen meiner islamophoben Chefin, die mich mit meinem Nachnamen anredete, und das klang bei ihr lustigerweise (weil sie den Ü-Umlaut nicht hinbekam) wie »Mister Mjullar«.

Eines aber ist seltsam: Warum ich mich, kaum war ich abends zu Hause angekommen, wieder an den Computer setzte – und alles war gut. Nicht einmal der Mausarm tat mehr weh. Ich baute meine *Pizza Genesis* (ob ich mich daran nicht irgendwann abgegessen hatte? Vielleicht wenn ich ihren Geschmack wahrgenommen hätte) und versenkte mich in die Photoalben. Das kann man ziemlich wörtlich nehmen.

Wenn ich ganz nahe an die Bilder heranging, so nahe, dass die Nasenspitze das Papier berührte, oder noch näher, so dass der Nasenflügel auflag, ich nur mit einem Auge auf das Photo sah, dann war das, als schlüpfte ich hinein in das Motiv, und die Dimension der Tiefe entstand von alleine. Ich sah die Grabenwände steil und roh aufragen und nahm alle Gerüche wahr, den staubigen Kreideboden, den Schweiß der Soldaten, Pulver, Waffenöl, feuchtes Leder. Ich kroch hinein, schlängelte mich durch die Gräben, in die Unterstände. In den kleinen Formaten steckten so viele scharfe Details – ein Bierflaschenetikett *(Löwenbräu München),* ein Name auf der Zigarrenkiste *(Excelsior),* Regimentsnummern auf den Schulterstücken, Auszeichnungen, Schilder. Ich suchte nach allem, was als Zeichen und Hinweis fürs Sütterlinbuchstaben-Raten dienen konnte.

Das Regiment des Onkels musste ein bayerisches gewesen sein; das schloss ich aus Photos, auf denen König Ludwig III. beim Verteilen von Auszeichnungen zu sehen war. Unter einem Gruppenphoto stand:

*Die Kompagniechefs des III/RIR 2
mit dem Batl=führer Hptm. Graul
März* 1916

Der Onkel, Zigarrenstummel zwischen den Fingern, war eindeutig unter den sechs Offizieren erkennbar, auch sein Kamerad Rechenmacher. Alle in Reitstiefeln mit Sporen, hohe, enge Kragen, die Mützen keck, leicht schief. Der Hauptmann hält eine Reitgerte. Ein selbstsicher lachendes, stilbewusstes Ensemble Todgeweihter. Bis auf den Onkel und Rechenmacher sind sie alle gefallen, wie ich nach und nach herausbekam.

Das Militärische war mir fremd. Dass ich als Kind mit Kriegsspielzeug gespielt hatte, ist eine andere Sache. Diejenigen, die zur Bundeswehr gingen, hielten wir Abiturienten für reaktionär, für unreife Jungs, die große grüne Spielzeuge brauchten und sich gerne anbrüllen ließen, damit sie später einmal selbst anbrüllen durften. Dass sie ihr Leben irgendwo außerhalb der Republik verlieren könnten, war völlig undenkbar, ein Manöverunfall, Kantinenvergiftung oder ein abrutschender Wagenheber das größte Risiko. Eher würde Westeuropa im Atomblitz verdampfen oder von Panzern der Roten Armee überrollt. Wir, die wahren Helden und Kriegsdienstverweigerer, stellten uns vor das Komitee für Gewissenserforschung und erwarteten die Killerfrage: »Sie gehen mit Ihrer Freundin durch den Park, als plötzlich eine Horde Russen aus dem Gebüsch springt, um Ihre Freundin zu vergewaltigen. Sie tragen eine Waffe, was tun

Sie?« Da funktionierte natürlich keine Antwort, aber man konnte es versuchen. »Ich bin Pazifist, ich trage grundsätzlich keine Waffe.« Oder mit: »Ich habe keine Freundin.« Ganz theoriefeste Kandidaten erklärten: »Hypothetische Fragen bedingen hypothetische Antworten.« Mir trat der repressive Staat in Form eines sehr müden Komitees gegenüber: Sie winkten mich, ohne die Killerfrage gestellt zu haben, durch, wahrscheinlich tödlich gelangweilt von meinem auswendig gelernten Standardvortrag (Krieg kein Mittel, Konflikte gewaltlos lösen durch Gespräche, passiver Widerstand, Gandhi, Jesus…), oder weil sie ihre Abschussquote für den Monat schon erzielt hatten.

Ich sah mir wieder die sechs Mann auf dem Photo an: Generation Clausewitz. Verweigern? Abstrus. Die Bildunterschrift entzifferte ich als »Die Kompagnieführer des III/RIR 2 mit dem Batt-Führer Hptm. Gaul«, und nach etwas Herumsurfen hatte ich die Einheit identifiziert. Von einem Internet-Antiquariat bekam ich *Das K. B. Reserve-Inf. Regt. Nr. 2*, den einundvierzigsten Band aus der Serie *Erinnerungsblätter deutscher Regimenter*.

Lest und weint: eine Chronik der Vernichtung, eine absurde Parade uniformierter Stehaufmännchen, die sich unter grausigen Mühen und Qualen abarbeiten; man weiß nur nicht, warum. Jeder ist ersetzbar, und es wird ausgetauscht, solange der Vorrat reicht. Ein Heldengesang, um den auch Jahre später noch entsetzlich in den Träumen der Soldaten kreischenden Lärm der Schlacht zu übertönen. Anders konnte ich mir Sätze wie diesen nicht erklären:

Das dritte Bataillon hatte aufgehört zu bestehen.
Mit seinem Führer zusammen hat es die Stellung bis

zum Äußersten gehalten und hat dort getreu dem Fahneneid für König und Vaterland geblutet und zum großen Teil den Heldentod gefunden.

Ich las das Buch in zwei Nächten, links und rechts neben mir im Bett die Alben. Seit langem hatte mich keine Lektüre so erschüttert. Die Photos und die Regimentsgeschichte verschmolzen ineinander. Ich erkannte Namen der Offiziere wieder, die Namen der Orte, der Waffen, der Schlachten und Gefechte. Alles erhielt seine Zeit, seinen Platz, sein Gesicht. Ich las von Leutnant Then, ich sah ihn beim Mühlespiel im Unterstand und seinen Namen auf einem Grabkreuz. Ich sah den Hauptmann Gaul im Graben und mit seinem Hund Arras. Schöner deutscher Hundename, eigentlich. *Fass, Arras!* War aber eine lokale Mischung.

Nach dem ersten August 1914 wurden zwei Bataillone des Regiments mit Reservisten aus dem Bauernland südlich der Donau aufgestellt – »ein prächtiger Schlag reifer, kräftiger und bodenständiger Kernbayern. Die städtischen Elemente waren nur schwach vertreten«, steht in der Regimentsgeschichte. »Städtische Elemente« – sollte wohl heißen: Verkommenheit, Syphilis und Drückebergerei? Die bodenständigen Kernbayern trugen auch solche Namen: Draxinger, Haslbeck, Pafenzinger, Boxhammer, Kinateder.

Das in München aufgestellte Bataillon, in dem mein Onkel als Reserve-Leutnant einrückte, marschierte am zwölften August ab, wurde zunächst in Lothringen eingesetzt und noch im Herbst 1914 nach Nordfrankreich verlegt. Zwischen Arras, einer Stadt mit (kurz vor dem Krieg) ungefähr sechsundzwanzigtausend Einwohnern, und dem Höhenzug von Vimy grub sich das Regiment ein, nachdem es wochenlang kreuz und quer vor Arras herumgeschwirrt war, wie eine Motte um die Glühbirne. Zwischen dort vorne und den Ruhequartieren pendelte die Truppe, eigentlich gingen sie wie auf Arbeit; so las sich das. Hier einen Unterstand schaufeln, da eine Latrine. Auskehren. Befestigen. Leitungen legen. Wegweiser aufstellen. Und gelegentlich auf den Gegner schießen. Alles mit Bubenstolz im Erinnerungsbuch dokumentiert und rhetorisch aufgeputzt: Begeisterung *glüht*. Waffentaten *glänzen*. Kameradschaft *unvergesslich*. Geist *vortrefflich*. Schneid *beispiellos*.

Und dann beißt man in dieser Heldentorte auf den Kirschkern:

Unsere Verluste über der Erde mehrten sich zusehends.

Was während der Bürostunden über den Hochglanzmonitor schlitterte, ließ mich kalt im Innersten; ich bin nicht sicher, ob ich das alles noch ernst nahm, und mehr als einmal war ich nahe dran, mir Bestätigung in gedruckter Form von einem Kiosk zu holen. In der Organisation ging es überhaupt abwärts. Für mich jedenfalls. Für das zweimalige Verfehlen der *metrics* (also weil ich Berichte mit weniger als soundso viel Wörtern eingereicht hatte) erhielt ich die erste Abmahnung. Ich heftete sie wie eine Urkunde an die Pinnwand, machte Platz für die, die noch folgen würden.

Vielleicht lag es an dem Karton und an seinem Geruch, den bestoßenen Ecken, der altväterlichen Tintenschrift, dem Schwarzweiß (das schreit: Dokument; ich bin echt und wirklich!): Abends begann der reale, der lebendige Teil meines Lebens, mit fast hundertjährigen Photoalben, mit Bildern von Toten und vom Töten. Ich legte Dossiers an; sammelte Material, kaufte antiquarische Bücher im Netz, ich verglich die Namen auf den Grabkreuzen mit der Gefallenenliste im Anhang der Regimentsgeschichte, zeichnete die Bewegungen der Einheit in eine Karte ein. Und ich ließ die Photos ihre Geschichten erzählen, wenn man das so sagen kann: ich, mit der Nase platt auf dem Photo:

Album 1, Bild 92 – *9.5.15. Oberst Helbling spricht mit gefangenen franz. Offizieren in Bailleul.* – Der Oberst hat die Hände in die Taschen seines Uniformrocks gesteckt, er hält den Kopf geneigt (trägt keine Mütze) und hört dem französischen Offizier zu. Dessen Kamerad tupft sich (offenbar mit einem Verbandspaket) eine Wunde am Kinn. Die Franzosen tragen schmutzige Stiefel und Mäntel; die Schuhe des Obersts glänzen; die Bügelfalte wirft einen scharfen Schatten. Alle drei stehen vor dem Eingang zu einem Haus; im Halbdunkel der Türöffnung warten drei deutsche Offiziere. Einer, der die Hände ineinander verschlungen vor sich hält, könnte, da war ich mir nicht sicher, der Onkel sein. Rechts von der Tür ein Topfbäumchen und, auf Augenhöhe, eine Tafel. Ich nahm die Lupe:

Füße abstreifen.

An anderer Stelle musste man einem Menschen das Bajonett in den Hals stoßen und möglichst umdrehen. Es gab Regeln. Da mochte die Ordonnanz noch so dringend heranreiten, die drei Sekunden für das Abkratzen des Schlamms am Stiefeleisen – das musste sein. Es gab schließlich Kultur, immer noch und trotz allem.

3

Stunden nach dem Besuch im Lazarett von Fresnes-lès-Montauban legte sich die Dumpfheit, die Trommelfeuer und Gefechtslärm wie eine Wolldecke über Mannebergs Gehör geworfen hatten, und der Satz des Arztes stand in seinen paar klaren Worten wieder da; im Ton des vollen, irrtumsfreien Ernstes, in dem er gesprochen worden war: Der Soldat sollte den Arm bewegen, den er nicht mehr besaß. Dieser seltsame Kasten musste irgendeine Vorrichtung enthalten, die der Aufforderung einen Sinn gab, vielleicht eine Art Prothese. Aber woher stammte dann dieser Lichtreflex an der Zimmerdecke – von einem polierten Metall, einem Spiegel? War das eine Art Kaleidoskop, wie er es als Kind besaß, oder so etwas wie die Zaubertrommel, die an Feiertagen hervorgeholt wurde? Stundenlang hatte er durch das Guckloch die rotierenden Spiegel betrachtet, die bewegten Bilder von Tanzbären, Ballerinas, aufsteigenden Montgolfièren und Faustkämpfern bestaunt. Und es gab Spiegelkabinette auf dem Jahrmarkt, in denen man sich verirren konnte, Zerrspiegel, Spiegelfechter, Spiegelsäle und *Spieglein, Spieglein an der Wand…*

Auf den dreihundert Metern von Mannebergs Quartier zum Regimentsstab lagen Trümmer herum, halb eingegrabene

Blindgänger, tote Pferde. Der Oberst hatte die in Ruhe befindlichen Offiziere für neun Uhr morgens einbestellt, denn er wollte sich vor dem Stabsquartier zwei gefangene französische Offiziere vorführen lassen. Der Adjutant schnauzte Manneberg wegen seiner verschlammten Stiefel an, ob er das Schild nicht lesen könne, platzierte ihn dennoch gnädig im Eingang zum Quartier, nach hinten in den Schatten. Dann raunzte er noch:

»Und nehmen Sie gefälligst die Pfoten aus den Hosentaschen, Leutnant!«

Mannebergs Bursche stand mit der *Liliput* neben dem offiziellen Kriegsphotografen und wartete auf das Zeichen. Nach einigen Minuten bangloser Unterhaltung fragte der Oberst die beiden Franzosen, ob die Berichte anderer Gefangener wahr seien, dass die französischen Soldaten unter Waffendrohung zum Angriff getrieben werden mussten.

Aber natürlich, dachte Manneberg, ich habe es doch sehen können, gestern Morgen.

In vier Wellen waren sie gekommen. Die erste endete unter dem unablässigen Feuer der Maschinengewehre im deutschen Drahtverhau. Die zweite und die dritte Welle kamen nicht einmal so weit. Manneberg rannte in seinem Abschnitt hin und her, schrie Befehle, spornte seine Leute an, räumte Tote beseite, versorgte Verwundete, rief Sanitäter, brachte Munition, meldete Lage durchs Telefon, dann war die Leitung zerschossen. Er hielt Fühlung zu den Nachbarabschnitten, schaute immer wieder über die Brustwehr – aber was hatte das mit ihm zu tun; da stand eine Glaswand, die ihn trennte von dem Spiel im Niemandsland. Von denen, die mit der dritten und vierten Angriffswelle hinausgingen, blieben viele starr stehen, als sie sahen, was zu sehen war. Einige kehrten um, nach ein paar Schritten, auf halbem Weg, aber – und Manneberg beobachtete das durch das Glas – ihre Offiziere und Feldgendarmen ließen sie nicht zurück in den Graben, und so stolperten sie ihrem Schicksal entgegen.

Alles in allem hatte der Angriff zwanzig Minuten gedauert. Das reichte für etwa zweitausend Tote, die jetzt vor der Regimentsfront lagen.

Die gefangenen Offiziere, die zuvor gestenreich erzählt hatten, antworteten nicht auf die Frage des Obersts. Einer zog ein Taschentuch heraus, wischte über die Augenwinkel und knüllte es vor dem Mund zusammen. Der Oberst verschränkte die Hände hinter dem Rücken, wartete schweigend. Das war allerdings unangenehm. Der mit dem Taschentuch begann hemmungslos zu schluchzen. Jetzt brach der Oberst ab, es würde kein offizielles Photo geben. Aber Mannebergs Liliput, in der Hand des Burschen, machte leise *ritsch*. Er selbst hätte die Aufnahme nicht auslösen können, weil er im Bild war, natürlich. Aber auch, weil er seine Hände wieder in den Taschen verbarg. Sollte der Adjutant doch zum Teufel fahren.

Zwei Stunden später ging es von neuem los. Manneberg raste in die Stellung. Solange er sich bewegte, tat und anschaffte, fielen niemandem ein paar zitternde Hände auf.

Neununddreißig Tage – so lange dauerte das Gefecht, das später die »Frühjahrsschlacht von La Bassé und Arras« genannt wurde – benötigten die Franzosen, um ihre (so hieß es) dreifache Übermacht aufzureiben in einer ermüdenden, sich wiederholenden Routine von Trommelfeuer und Sturmangriff, der meist im Drahtverhau hängenblieb, bestenfalls an der zweiten Linie ausrollte. Den geplanten Durchbruch erreichten sie nicht einmal im Ansatz. Die Leichen im Vorfeld und der Geruch, den sie ausströmten, die Fliegen und die Ratten, die von der frühen und reichen Ernte unmäßig gediehen, waren für die Verteidiger gegen Ende schlimmer geworden als weitere Angriffe.

Neununddreißig Tage brauchte Manneberg, um das Zittern seiner Hände unter Kontrolle zu bringen. Er fand heraus, dass es half, die Faust zu ballen oder (wie die lebende Karikatur eines preußischen Offiziers) ständig mit der Reitgerte herumzuspielen. Anfangs erforderte dies noch Anstrengung und andauernde Selbstbeobachtung. Nach einiger Zeit aber setzte ein anderer, unheimlicher und stiller Vorgang ein. Er wurde es müde, das Töten anzusehen und den Anblick der Toten. Es hatte nichts Empörendes an sich, war nur noch alltägliche Normalität, genauso wie das Einerlei von Zerstören und Aufbauen, dessen offensichtliche Sinnlosigkeit er zu akzeptieren begann. Dabei arbeitete er tadellos, hielt seinen Abschnitt sauber, folgte jedem Befehl und zeigte angemessen Eigeninitiative. Manneberg stumpfte ab.

Vielleicht war ihm deshalb lange nicht aufgefallen, wie dumpf sein Empfinden geworden war. Einmal, während der Dämmerung, lag er mit einem Scharfschützen und dessen Beobachter auf Lauer. Die beiden nahmen einen Verwundeten unter Feuer, der im Niemandsland auf allen vieren in Richtung französischer Linien kroch. Manneberg sah durch das Fernglas zu. Er ahnte, dass etwas nicht in Ordnung war, etwas, was man nicht mit einem Kasinospruch abtun durfte – *So ist der Krieg nun mal, meine Herren!* –, aber warum brauchte er dann so lange – ein, zwei Minuten –, bis er den Scharfschützen träge anwies, das Schießen zu lassen? Und nicht einmal sein Motiv war lauter gewesen, denn er fürchtete auch, dass der Gegner auf ihre Position aufmerksam werden könnte. Damals erschrak er zum ersten Mal ein wenig vor sich selbst; keine Erschütterung, nur ein fröstelndes Befremden über einen Bekannten, den man gut zu kennen glaubte.

Ein paar Tage nach Ende der französischen Frühjahrsoffensive übergab ihm der Bursche einen Zettel. Er las ihn wie eine Botschaft aus einer fremden Welt.

Leutnant Manneberg – falls Sie Gelegenheit haben und falls Sie noch interessiert sind – besuchen Sie mich in den nächsten Tagen in Fresnes-lès-Montauban, da baldige Verlegung meines fliegenden Instituts wahrscheinlich – würde auch Sie gerne noch einmal sehen und hören, wie es Ihnen seitdem ergangen ist.

(Unterschrift unleserlich.)

Diesmal würde er nach diesem Holzkasten fragen und was es damit auf sich habe. Und sich bedanken.

Über siebenhundertfünfzig Kilometer schlängelte sich die Westfront im Sommer 1915, von der Schweizer Grenze bis zur Kanalküste bei Nieuport. Raum genug für Franzosen und Engländer, dachte Manneberg, um irgendwo eine Bresche zu schlagen. Aber ausgerechnet auf seinem Abschnitt begann ein systematisches Einschießen schwerer Kaliber.

Die Division ordnete erhöhte Wachsamkeit an; Manneberg durfte sich keine paar Meter vom Feldtelephon entfernen.

Irgendwo stand neuerdings ein demontiertes Schiffsgeschütz, ein enormes Kaliber. Damit feuerten die Franzosen alle paar Stunden weit ins Hinterland, auf Munitionsdepots, Straßenkreuzungen, Truppenunterkünfte oder einfach nur ins Blaue, nur um Schrecken zu verbreiten. Wenn diese Kanone losging, wanderte für zehn oder mehr Sekunden ein unheimliches Wummern über den hörbaren Horizont.

Manneberg zählte die Granaten und die Stunden, bis zweieinhalb Tage voll waren. Normalerweise erfolgte die Ablösung nach dem dritten Tag in Stellung. Kurz davor kam der Kompaniechef.

»Wir werden herausgezogen.«

»In Ruhe?«, fragte Manneberg hoffnungsvoll. Vom Ruhequartier nach Fresnes: ein Ritt von einer halben Stunde. Vielleicht noch am selben Tag.

»Kommandeursreserve im Obermayergraben. Wenigstens bis Ende der Woche.«

Das war elend. Er packte fluchend seine Sachen und zog um; in einen zusammengeschossenen, unaufgeräumten Graben mit lausigen Löchern, fünfhundert Meter hinter der ersten Linie, noch von der jüngsten Offensive verwüstet. Manneberg schaffte Müll und Schutt aus seinem Unterstand und verbrachte eine unangenehme, immerhin ruhige erste Nacht in der neuen Position.

»Sappralot«, rief Rechenmacher nach unten, »ist das der Gaskrieg, von dem jetzt alle reden?«

Die Nähe der Latrinen hatte in der Sommerhitze gewisse

Nachteile. Manneberg hing gerade am Telephon und stritt mit dem Bataillonsadjutanten um einen Bautrupp. Rechenmacher stieg zu ihm hinunter, eine Flasche Wein in der einen, eine Zigarre in der anderen Hand. Er paffte ein paarmal, bis der enge Raum völlig vernebelt war, und zog den Korken mit den Zähnen heraus.

»Kamerad, tu mir einen Gefallen.« Er goss zwei Gläser ein.

»Ach so«, sagte Manneberg hustend. »Es gibt also einen Grund, dass du dich mal wieder blicken lässt.«

»Ich bin heute Abend eigentlich zu der Einweisung in die neuen Minenwerfer eingeteilt«, sagte Rechenmacher.

»Wo?«

»Pionierpark Biache. Ich würde dir meinen Platz überlassen, Kompanie ist einverstanden.«

»Wenn es sein muss«, sagte Manneberg und versuchte, nicht allzu erfreut zu klingen – was für ein großartiger Zufall: Das Lazarett von Fresnes lag nicht weit von Biache. Rechenmacher war schon fast wieder aus dem Unterstand heraus, da rief er ihm, plötzlich misstrauisch geworden, nach:

»Warum?«

»Weil ich dein Freund bin und dein –« Im plötzlichen Gefechtslärm draußen ging der Rest des Satzes unter. Und Manneberg wollte nicht nachfragen, ob er richtig verstanden hatte: »– dein Schutzengel«, denn das war ja wohl offensichtlich Unsinn.

Er band sein Pferd an einem Geländer fest und lief in die erste Etage des Schlosses.

»Herr Leutnant? Ich bin so gut wie weg«, sagte der Arzt. Er stand in voller Uniform zwischen Kisten und dirigierte zwei Armamputierte an einen großen Koffer.

»Nein, nein, Sie da mit rechts und Sie mit links«, rief er, »gucken Sie auf Ihren leeren Ärmel, wenn Sie durcheinanderkommen.«

Manneberg merkte, dass er die Mütze abgenommen hatte, wie ein Chauffeur stand er da; fehlte nur, das Stück in den Händen zu drehen. Er setzte die Mütze auf und grüßte formell.

»So ein Phantomarm kann ja vieles, aber bestimmt keine Koffer tragen«, sagte der Doktor, offenbar bester Laune.

»Entschuldigung«, sagte Manneberg, der gar nicht genau hingehört hatte, »aber dieser hölzerne Kasten ist mir seit meinem letzten Besuch nicht aus dem Kopf gegangen. Und ich konnte nicht früher kommen.«

Fast hätte er es gar nicht geschafft. Der Waffenoffizier von der Minenwerfertruppe war ein abscheulicher Korinthenkacker gewesen. Jede einzelne Schraube hatte er herausgedreht und herumgezeigt. Jedenfalls hatte die Einweisung viel länger gedauert, als Manneberg angenommen hatte. Es war ihm auch nicht gelungen, sich noch vor der »Theorie« abzusetzen. Im Kasino hatte ihm der Oberst dann mitgeteilt, dass er nächstens zum Oberleutnant befördert werde und dass er so bald wie möglich und nötig eine Kompanie übernehmen könne. Er wolle ihm auch nicht verschweigen, dass er sich im Offizierskorps des Regiments sehr für dieses Avancement eingesetzt habe; vor allem gegen seinen eigenen Adjutanten habe er opponiert, der leider doch ein rechter Judenfresser sei und erst vor kurzem eine Kröte habe schlucken müssen, als der Vizefeldwebel Nathan – ebenfalls mosaischen Glaubens – zum Leutnant befördert worden war. Und zwar wegen Tapferkeit vor dem Feind, was bekanntermaßen nicht durch eine Offizierswahl bestätigt werden müsse.

Unter gewöhnlichen Umständen hätte Manneberg sich an der Leerung der von ihm spendierten Flaschen beteiligt, doch ihn plagte die Sorge, den Doktor zu verpassen. Erst recht, nachdem der Regimentsadjutant hatte fallenlassen: Man solle froh sein, wenn der bengalesische Irrenarzt endlich abziehe; für den Zweck habe er ihm gern das angesuchte Lastautomobil samt Fahrer bewilligt.

»Mein Wagen hätte längst da sein müssen«, sagte der Arzt mit einem Blick auf die Uhr. »Was interessiert Sie denn so brennend an dem Spiegelkasten?«

*Spiegel*kasten, dachte Manneberg, also doch. Er sagte: »Ich hoffte, Sie ließen Neugier als Begründung gelten.«

Der Arzt führte ihn in einen Raum, in dem einige gepackte Kisten standen. In einer noch geöffneten fiel Manneberg die kleine, in Holzwolle gepolsterte Statue eines sitzenden, dicken, halbnackten, kahlköpfigen und fein lächelnden Mannes auf; aber erst als er diese Adjektive im Nachklang zusammenzog, stellte sich der Begriff »Buddha« ein. Süßlicher Rauch strich herum.

»Alte Gewohnheit«, sagte der Arzt und zeigte auf die glimmenden Stäbchen in einem Becher neben der Figur, »stört es?«

Es hieß, die Nase sei das anpassungsfähigste aller Sinnesorgane, da es mit der Zeit abstumpfe, aber das konnte nicht stimmen. Der Pulver- und Leichengeruch des Schlachtfelds legte sich wie eine zweite Haut um den Körper und ließ sich nicht abschrubben. Und selbst wenn, glaubte Manneberg, würde man es immer noch riechen, von innen her.

»Im Gegenteil. Entschuldigen Sie, Herr Hauptmann, ich habe Ihre Unterschrift nicht lesen können.«

»Karamchand-Von Ramburg«, sagte der Arzt, »die Einzelheiten einer Familiengeschichte, in der sich Jodhpur und ostelbisches Junkertum in bizarrer Weise verflechten, erspare ich Ihnen.«

Er goss zwei Tassen Tee auf. Manneberg wartete auf ein Zeichen, bevor er sich setzte. Der Tee schmeckte rauchig.

»Und? Fühlen Sie sich wiederhergestellt?«, fragte Karamchand.

»Ich habe Funktionen und Aufgaben, die erfülle ich. Man ist zufrieden im Stab«, sagte Manneberg vorsichtig. War dies vielleicht als eine Art Nachuntersuchung gedacht, hatte jemand seinen Zustand bemerkt und dieses Treffen eingefädelt? Rechenmacher womöglich? Er verschränkte die Hände hinter dem Rücken. Da war ein leichtes Vibrieren in seinen Fingern.

Karamchand lächelte leise. »So, so, *Funktionen und Aufgaben*. Da will ich Ihnen etwas zeigen.«

Gleich jenseits des Ganges öffnete er eine Tür zu einem verdunkelten Raum und knipste das Licht an. Im Bett richtete sich ein Mann auf, blinzelte, griff nach einem Kamm.

»Feldwebel Katzenbogen«, sagte Karamchand, »lag im Unterstand verschüttet. Der Ofen schwelte weiter, Kohlenmonoxidvergiftung. Anfangs war er völlig blind. – Feldwebel, ein kurzer Versuch, in Ordnung?«

Der Mann hatte inzwischen seine Frisur gerichtet und war dabei, einzelne Strähnen mit speichelfeuchtem Zeigefinger zu fixieren. Er saß kerzengerade auf der Bettkante.

»Feldwebel«, sagte Karamchand, der ein Holzbrett, etwa fünfzig auf siebzig Zentimeter, und einige kleinere Teile hinter dem Schrank hervorgeholt hatte, »tragen Sie Ihren Scheitel neuerdings rechts?«

»Ich weiß nicht«, sagte Katzenbogen. Er strich mit der Fingerkuppe über die schmale Schneise weißlicher Kopfhaut: »Das ist wohl rechts?«

Der Arzt stellte das Brett auf einen Stuhl. Es wies Löcher in vier geometrischen Formen auf: Kreis, Dreieck, ein auf der Spitze stehendes Quadrat und ein Balkenkreuz. Die ausgesägten Holzteile drückte er Manneberg in die Hand.

»Leutnant, fragen Sie den Feldwebel, was Sie ihm gerade zeigen.«

Einem Blinden?, wollte Manneberg sagen, aber er hielt dem Soldaten zögernd die Formen vor. Es war ihm unangenehm genug, hier hereingeplatzt zu sein, und jetzt sollte er den Experimentator spielen? Einen kranken Mann aus dem Bett holen und mit unmöglichen Aufgaben quälen?

»Ich weiß nicht, braun«, sagte der Feldwebel jedes Mal und hob die Schultern, »kann's nicht recht erkennen, es ist hellbraun, ein Holz.«

Karamchand flüsterte Manneberg ins Ohr. Der drehte sich mit einem Ruck um, sah den Arzt entgeistert an: »Wie soll das gehen?«

»Geben Sie ihm eine Aufgabe, und er wird funktionieren«, sagte Karamchand, »das wissen Sie doch.« Manneberg räusperte sich und sagte im Befehlston:

»Feldwebel, nehmen Sie dieses Teil und schieben Sie es durch die passende Öffnung.«

»Kann ich nicht«, sagte Katzenbogen weinerlich und fing an, seinen Scheitel zu befühlen. Dann, als hätte er sich die Sache anders überlegt, streckte er den Arm aus, fasste mit Zeigefinger und Daumen an das Dreieck und ließ es durch den dreieckigen Ausschnitt gleiten.

»Eines noch, dann können Sie wieder zu Bett gehen«, sagte der Arzt.

Der Feldwebel nahm das Balkenkreuz aus Mannebergs Hand und führte es in einer einzigen, geschmeidigen Annäherung durch die Aussparung.

»Ich kann das nicht«, sagte Katzenbogen noch einmal, als er die Bettdecke hochzog.

Eine Minute später, in Karamchands Zimmer, fragte der Arzt: »Sie glauben, er simuliert?«

»Nun ja«, sagte Manneberg, »er behauptet, er könne fast nichts sehen, und dann tut er Dinge mit dem Geschick eines Feinmechanikers. Entweder oder?«

»Sowohl als auch: Er sieht, und er sieht nicht.«

Karamchand tigerte durch das Zimmer, dass es die aufsteigenden Rauchfäden der glimmenden Stäbchen verwirbelte. Dann hielt er still, wandte sich zu Manneberg und fixierte ihn.

»Der Feldwebel Katzenbogen, dieses – mittelmäßig, dennoch – vernunft- und sprachbegabte Tier – er ist nicht allein in seinem Kopf. Was nicht heißt, dass er verrückt ist.«

Manneberg hatte Schwierigkeiten, auf den Doktor vor sich zu fokussieren. Das lag vielleicht an dem süßen Rauch oder an der Müdigkeit aus fünf Wochen Schlacht oder an der späten Stunde oder daran, dass Worte mit Wucht in sein Bewusstsein drangen und sich breitmachten.

Nicht allein in seinem Kopf.

Natürlich nicht. Das ahnte wohl jeder, der im Graben mehr als eine Woche überlebt hatte. Dieser andere war der Dämon, der Manneberg im Gefecht führte, der ihn über Tote springen ließ, die er nicht sah, der Patronengurte einlegte und Pistolen nachlud, der die anfliegenden Flügelminen registrierte, Flugbahnen und Detonationszeitpunkte kalkulierte, der ihn in den Dreck katapultierte, ihm den Mund aufriss, damit sein Trommelfell nicht platzte, der seine Muskeln spannte, um den nächsten Sprung zu tun, vorwärts oder seitwärts, je nachdem wo der Dämon den nächsten Einschlag erwartete. Er war ein wohlwollender Dämon, stellte keine Fragen, wunderte sich über nichts, er schützte nur den Leib, in dem er wohnte. Und machte ihn zu seinem Sklaven.

»Ich habe weiß Gott genügend Schädel geöffnet – Ratten, Affen, Vögel, Menschen – und niemals etwas anderes als einen hellgrauen Klumpen Nervengewebe gesehen – das haben Sie, nach fast einem Jahr auf dem Schlachtfeld, vermutlich auch nicht. Wahrscheinlich nicht so sorgfältig präpariert...«

Karamchand hob entschuldigend die Hände.

»Dieser andere in seinem Kopf, er steuert Arme und Finger, er sieht und handelt und macht. Aber der Feldwebel selbst sitzt hinter verschlossenen Fensterläden. Wie und warum – ich weiß es nicht.«

Karamchand sah auf seine Uhr.

»Der Generalarzt zieht uns aus Frontnähe ab. Zu gefährlich, angeblich. Aber ich brauche meine Patienten frisch, bevor die werten Kollegen sie durch die Mangel gedreht haben. – Was glauben Sie, wie ich um Sie kämpfen musste, Leutnant?«

Manneberg sagte gar nichts, auch wenn er die rhetorische Frage des Arztes als Gelegenheit erkannte, ihm zu danken – jetzt. Er sah sich um. An dem emaillierten Lampenschirm war ein Stück abgeplatzt gewesen. Hier auch. Der Spiegel hatte einen blinden Fleck in der linken unteren Ecke gehabt; dieser auch. Der Stuhl ein verkürztes Bein. Manneberg bewegte sich leicht; der Stuhl wackelte. Das war das Zimmer. *Ein Schrank, eine Tür, ein Fenster, eine Lampe, ein Spiegel, ein Bett, Tisch, Stuhl.*

»Was murmeln Sie?«, sagte Karamchand. Er wirkte ein wenig verzweifelt, rückte an die Stuhlkante und beugte sich zu Manneberg hinüber: »Von wegen gefährlich! Es geht in Wirklichkeit natürlich um meine ›Methoden‹. Dabei habe ich gar keine. Ich will nur verstehen, was da vorgeht, in den Sinnen, im Gehirn.«

Manneberg blickte Karamchand ins Gesicht. So sieht kein preußischer Militärarzt aus, dachte er, beim Scheitelziehen könnte er sich was bei Feldwebel Katzenbogen abschauen. Unter echten Exemplaren dieser Sorte hätte ich keine fünf Wochen im Lazarett zugebracht. Die hätten mich nur abgewaschen, in die neue Uniform gesteckt und mit Sprüchen aus dem humanistischen Erbauungsbaukasten zurück an die Front geschickt: *Gelobt sei, was hart macht. Mens sana in corpore sano.* Seine braven bayerischen Bauern hätten ihn schief angesehen und aus ihrer eigenen Weisheit geschöpft: *A Guada hoit's aus – und umaran Schlechtn is' ned schad.*

Manneberg setzte an, wollte etwas sagen wie *Ich habe Ihnen noch nicht gedankt für alles, was Sie* – aber der Arzt ignorierte sein Räuspern und redete weiter:

»Niemand fällt Gesicht voran auf einen gärenden, zerfließenden Kadaver, ohne zutiefst im Allerinnersten seines Selbst erschüttert zu werden. Ich habe Sie tagelang kotzen sehen.«

Jetzt zog Karamchand einen Packen Papiere aus einer noch nicht zugenagelten Kiste und hielt sie Manneberg vor. Die Blätter waren mit grüner und roter Tinte vollgeschrieben, auf den Rand hatte der Doktor alle möglichen Symbole und Tierfiguren gezeichnet. Wie viele Stunden hatte er wohl mit Mannebergs… *Situation* verbracht?

»Sie wollten jede Erinnerung, jedes Bild von sich weisen. Das ganze Zeug wegdrängen. Aber es kommt immer zurück. Im Traum. Im Zittern Ihrer Hände.«

Karamchand lief wieder durch das Zimmer. Manneberg drehte sich erst auf seinem Stuhl mit, dann stand er. Besser auf Augenhöhe bleiben. Plötzlich wusste er: Wenn ihm einer helfen konnte, dann dieser Arzt. Schreiben Sie mir ein Rezept, Doktor Karamchand, ich schlucke alles. Bittere Pulver, süße Säfte. Träufeln Sie mir Tropfen in die Augen. Umschläge, Wickel, zur Not auch Einläufe.

»Irgendwann fiel es mir ein: Man kann sich auf mehr als eine Weise übergeben«, sagte Karamchand. »Redend kommt hinaus, was hinaus soll. Man kann eine lästige Fliege scheuchen und verfolgen wie ein Narr. Aber öffnen Sie ihr ein Fenster, dann wird sie früher oder später hinausfliegen.«

»Ich wollte Ihnen dafür danken«, sagte Manneberg endlich. Der Arzt winkte ab und lachte.

»Es hätte auch schiefgehen können.«

»Das Schlimmste ist immer das, was man noch nicht erlebt hat«, sagte Manneberg, »Sie glauben nicht, an was man sich gewöhnt.«

Karamchand lachte bitter: »Haben Sie schon einmal von Seelenblindheit gehört?«

Manneberg ließ den Mund einen Moment zu lange offen stehen. Das war ein Begriff, der sich ihm anschmeichelte, vielleicht weil er etwas darin erkennen oder ihn mit einer Hoffnung besetzen wollte. Der Arzt wartete, bis Manneberg wieder aufnahmefähig schien.

»Unser Feldwebel Katzenbogen ist ›seelenblind‹ im Sinne des verehrten Professor Munk aus Göttingen: Sehen und funktionieren, aber nichts *erkennen,* keine Vorstellung von den Dingen haben und davon, wie sie zusammenhängen, keine Worte dafür finden.«

»Ist sie denn heilbar, die Seelenblindheit?«

»Ist sie denn eine Krankheit? In den Schützengräben, scheint mir, geradezu das Gegenteil«, sagte der Arzt. Er begann die glimmenden Stäbchen zwischen den Fingerspitzen auszulöschen; es schien ihm keine Schmerzen zu bereiten.

»Herr Kamerad, das da draußen ist ein Labyrinth. Sie brauchen einen langen und festen Ariadnefaden, wenn Sie heil herausfinden wollen.« Er merkte wohl, dass dies eine etwas düstere Botschaft war, und lachte: »Am besten eine Ariadne noch dazu.«

»Jawohl, Herr Hauptmann«, sagte Manneberg. Dann wurde ihm fast ein bisschen schwindlig, weil er ihn plötzlich kannte, den Vornamen des *Frl. Müller, Goethestraße 9,*

München. Ariadne, ein ungewöhnlicher Name, aber so hieß sie, musste sie heißen.

Ein paarmal war die Tollheit, nein, dieses alberne Brieflein, in sein Gedächtnis zurückgekehrt; meistens (und wenig überraschend), wenn die Feldpost ausgegeben wurde. Für ihn war bei diesen Gelegenheiten allenfalls das Blatt seiner Studentenverbindung dabei gewesen, von dem er nur die Liste der gefallenen Bundesbrüder ansah. Rechenmacher hatte ihn nur einmal – vielleicht vier Wochen danach – zwinkernd und grinsend auf den Brief angesprochen, ob er schon eine Antwort erhalten habe. Aber da schickte der Himmel eine höchst willkommene Granate, so dass Manneberg die Antwort erspart blieb. Nein, das stimmte nicht ganz. Er hatte sich immer wieder einmal über Rechenmacher geärgert. Und über sich, dass er sich zu diesem Brief hatte hinreißen lassen. Und in dem Moment, als das Ding zwanzig Meter entfernt platzte, hatte Manneberg (flach auf dem Bauch) so etwas gerufen wie: Und falls ich einen *postillon d'amour* brauchen sollte, dann gewiss nicht dich!

Ein Rauschen, das allmählich in ein heiseres Pfeifen überging, ähnlich dem Geräusch, das entsteht, wenn man über die Öffnung einer halb gefüllten Bierflasche bläst, drang in das Zimmer und wurde, unterfüttert von einem in der Luft vibrierenden Brummen, lauter und allmählich wieder leiser. Zwei, drei Sekunden, und es krachte höllisch. Alle Scheiben klirrten, weißer Staub rieselte von der Decke. Die beiden Männer atmeten wieder aus.

»War das knapp?«, fragte der Arzt. »Ist doch wohl das Rote Kreuz aufs Dach gepinselt, oder nicht?«

»Herr Hauptmann – dieser Spiegelkasten...«, sagte Manneberg

»Mein wunderbarer Spiegelkasten«, sagte Karamchand, »ich glaube, der ist schon verpackt.« Er winkte einem der Einarmigen, die begonnen hatten, alles wegzutragen. Kurz darauf kam der Mann mit einer Kiste zurück.

7.62 x 57, die Kalibermarkierung erkannte Manneberg wieder. Schulterbreit, so lang wie ein Unterarm, so hoch wie der Abstand von Bauchnabel zu Kinn. Oben und an einer Schmalseite offen. In Mannebergs Vorstellung hatte er besser ausgesehen, nicht so grob zusammengenagelt.

»Selbst gebaut«, sagte Karamchand mit erkennbarem Stolz. »Setzen Sie sich an den Tisch.«

Ein senkrecht stehender, beidseitiger Spiegel, der den Kasten längs in zwei gleich große Abteile teilte. Das war alles.

»Ah«, murmelte Manneberg enttäuscht, »...ist das denn... vollständig?«

Karamchand hob den Zeigefinger. »Der Spiegelkasten *macht* vollständig. Legen Sie Ihre rechte Hand flach auf den Boden des Kastens und schauen Sie auf den Spiegel.«

Manneberg schob den Arm durch die Öffnung. Da war seine rechte Hand mit dem Daumen links und direkt daneben, gespiegelt als die linke Hand, mit dem Daumen rechts. Er bog den Mittelfinger ab. Tat, als würde er Klavier spielen. Schnippte mit Daumen und Zeigefinger. Bewegte den ganzen Arm auf und ab. Drehte die Hand im Gelenk. Alles perfekt synchron mit »links«. Er sah etwas irritiert auf.

»Was haben Sie geglaubt? Sie besitzen doch beide Hände«, rief der Arzt.

»Nein, ich meine, ich hatte schon ein seltsames Gefühl,

links, als ich draufschaute, in der wirklichen linken Hand. Ein Zucken in den Fingern.«

»Interessant«, sagte Karamchand, »da sind Sie nahe dran. Dieser Mann hier – kommen Sie rüber, Gefreiter.«

Der Soldat, der den Kasten gebracht hatte, stand einen Moment halbwegs stramm, schief nach der Seite, an der der Arm fehlte, als trüge er schwer an etwas. Der Arzt legte die Finger beider Hände aneinander, schloss kurz die Augen, wie um sich zu sammeln; vielleicht stellte er sich vor, er wäre jetzt in seinem neuen Institut oder an der Universität, und begann in professoralem Tonfall zu dozieren:

»Männlich, sechsundzwanzig Jahre, Kanonier. Brachte während eines Feuerüberfalls Munitionsnachschub in die Stellung, als ein Granatsplitter den rechten Arm oberhalb des Ellbogens abriss. Patient klagte über peinigende Schmerzen und eine Verkrampfung der Hand im amputierten Arm. Richtig?«

Der Gefreite nickte. »Jawohl, ich halte noch immer den Griff von der Kiste fest umklammert. Der Griff ist mitsamt dem Arm weggeflogen. Hab ja nicht mehr loslassen können.«

Karamchand ging einen Schritt vor, wies in leidenschaftlicher Geste auf den Spiegelkasten. Er war jetzt wirklich in einem Hörsaal.

»Schon bei der ersten Sitzung mit dem von mir ersonnenen Spiegelkasten zeigte sich ein Erfolg. – Berichten Sie.«

»Das war ein großes Wunder.« Der Kanonier schob den linken Arm in den Kasten und schien seine erste Behandlung nachzuspielen. Manneberg sah den Amputationsstumpf unter dem Hemd des Soldaten zucken, als dieser vor dem

Kasten herumrutschte, wie um seinen fehlenden Arm in die Öffnung zu manövrieren. Entweder er war hier unter eine Truppe brillanter Illusionisten geraten oder –

Der Soldat sah nach unten und rührte mit dem vorhandenen Arm in der Kiste herum.

»Es passiert wieder! Es passiert schon wieder«, rief er in den Kasten hinein. Den Spiegel ließ er nicht aus dem Blick. »Der Schmerz geht weg, und ich kann die Faust auf- und zumachen! Ich sehe es. Unglaublich. Mein rechter Arm hängt an der Schulter, es ist alles da, wo es hingehört.«

Karamchand sagte: »Schließen Sie jetzt die Augen.«

Eine kleine Pause. Manneberg suchte den Blick des Arztes. Der lächelte und hob den Zeigefinger: Es kommt noch besser.

»Oh. Ich fühle den Arm nicht mehr. Nur den linken kann ich bewegen.« Der Kanonier stöhnte, als ob der Schmerz in den linken Arm und seine verkrampfte Faust zurückkehrte.

»Und jetzt sehen Sie wieder hin.«

»Der Arm ist wieder da! Es ist wahrhaft ein Wunder!«

Es klopfte, ein Soldat trat ein. »Herr Hauptmann, Meldung eines Kradfahrers, Ihr Lastautomobil hatte eine Panne. Eintreffen verzögert sich um eine gute halbe Stunde.«

»Für den Zug von Douai müsste es reichen«, stellte Karamchand fest. Er entließ den Gefreiten, der den Spiegelkasten, mit einem Arm an die Brust geklemmt, wie einen Tabernakel hinaustrug. Die beiden Offiziere blieben allein.

»Das ist es also«, sagte Manneberg. Er wollte das, was er gesehen hatte, in ein paar Worten zusammenfassen. »Sie … nähen den Arm wieder an.«

»Oder ich amputiere das Phantom, den Arm, die Schmerzen und alles andere. Mit einem Spiegelbild.«

»Aber wie kommt es, dass der Effekt verschwindet, sobald der Mann die Augen schließt?«

»Leutnant, ein paar Dinge erzähle ich Ihnen noch, dann muss ich los«, sagte der Arzt, wieder mit Blick auf seine Uhr – eine altmodische Taschenuhr an der Kette, wie Manneberg nicht ganz neidlos feststellte –, »wir können trotz allem in Kontakt bleiben, nicht?«

Manneberg hatte später einige Schwierigkeiten, die Geschehnisse danach zu rekonstruieren. Das gewaltige Ereignis der sechsunddreißigsten Minute schien sich rückwärts in der Zeit auszubreiten, so wie ein Streichholz nach dem jähen Aufflammen stetig auf die Finger zubrennt, bis man es loslassen muss.

Der Doktor hatte schnell gesprochen. Dazu kam der vorläufige Charakter vieler dieser Erkenntnisse, den Karamchand in Formeln wie »Es sieht so aus, als ob…« oder »Es könnte daher sein…« usw. usf. kleidete. Manneberg wollte nicht durch Zwischenfragen die Sprechzeit des Doktors verkürzen; Unklarheiten könne man ja später noch erhellen.

Phantomschmerzen, Phantomgliedmaßen – davon wisse die Medizin seit langem. Ambroise Paré, ein französischer Armeearzt, der im sechzehnten Jahrhundert massenhaft Amputationen durchführte, hatte es zuerst beschrieben, und ein anderer Arzt, Silas Weir Mitchell, bezeichnete es – nach dem Amerikanischen Bürgerkrieg – erstmals als »Phantom-Gliedmaßen-Syndrom«.

Offenbar hatte man lange angenommen (und tat es noch),

dass die Phantome von durchtrennten, irritierten oder beschädigten Nervenleitungen verursacht würden, die gegen alle Wirklichkeit dem Gehirn meldeten: *Die Hand/das Bein/der Fuß ist noch da*. Auf Grundlage einiger zweifelhafter Befunde und Behandlungsversuche war Karamchand zu dem Schluss gekommen, dass die Phantome im Kopf hausten, im Gehirn. Was ihn nicht viel weitergebracht habe, denn anstatt weniger Nervenbahnen hatte er nun Millionen, ja Milliarden von Nervenzellen vor sich. So habe er zwar geahnt, in welcher Stadt das Phantom wohne, aber – sozusagen – die Adresse nicht gekannt. Gehirnchirurgie war noch immer der Versuch, Perlen mit Fäustlingen an den Händen auf haarfeinen Silberdraht zu fädeln, und das mit geschlossenen Augen.

Wie auch immer: Der Weg zu dem Spiegelkasten habe über einen Patienten geführt, im Lazarett von Fresnes. Diesem Patienten sei das rechte Bein wegen eines Oberschenkelbruches geschient und fixiert worden. Weil es sich unrettbar entzündet habe, habe man das Bein schließlich abnehmen müssen. *Et voilà* – was für ein Phantombein wuchs dem Mann?, hatte Karamchand gefragt: natürlich ein gelähmtes – es kommt so zurück, wie das Gehirn das Bein zuletzt gesehen hat, nämlich geschient, unbeweglich, gelähmt.

Und Karamchand habe sich gedacht: Wenn es die Lähmung akzeptieren lernt, kann das Gehirn auch das Gegenteil lernen. Bloß wie? Ein mechanisches Bein? Das amputierte des Patienten, schön präpariert, und an irgendwelchen Fäden ziehen? Lange habe er keine Lösung gefunden. Aber eines Morgens habe er seinen kleinen rechteckigen Rasierspiegel hochkant gegen die Tasche für das Rasierzeug gelehnt. Er habe sich, aus irgendeinem Grund, mit der Hand auf der Tischplatte aufgestützt und von oben auf einmal beide Hände gesehen, die aufgestützte und die gespiegelte, wie rechte und linke Hand, das perfekte Paar.

Als Manneberg das zweite Mal im Lazarett aufgetaucht sei, habe er gerade damit begonnen, den Spiegelkasten an Armamputierten zu probieren.

Das erzählte der Doktor schon auf dem Vorplatz des Schlosses, wo endlich der Lastwagen eingetroffen war und beladen wurde. Da hatte Manneberg im Augenwinkel Rechenmacher bemerkt; der sprach abseits mit ein paar Offizieren. Kurz bevor Karamchand in den Wagen stieg, sagte er, sinngemäß, er sei einigermaßen erschüttert, dass sich das Gehirn so leicht täuschen lasse, gegen alle Wirklichkeit und für wahr erkannte Tatsachen – durch ein bloßes Spiegelbild. Andererseits scheine das Möglichkeiten der Therapie zu eröffnen, von denen er einstweilen kaum mehr als eine Ahnung habe, in die er aber allergrößte Hoffnungen setze. *Bedenken Sie: ein Spiegelbild! Und was kann man sich nicht alles vorspiegeln!*

Ab hier wurde es für Manneberg ganz schwierig, die Dinge auseinanderzuhalten und in der richtigen Abfolge zu sehen. War Rechenmacher schon jetzt zu ihm getreten, als das Lastautomobil mit röhrendem Auspuff den Schlosshof verließ und rechts auf die Landstraße nach Douai einbog? Das Rauschen am Himmel, war ihm das erst aufgefallen, als er nach vorne gegangen war, um dem Lastwagen auf der schnurgeraden Allee nachzuwinken? Wohin gehörte Rechenmachers mephistophelisches Grinsen: neben das nachlassende Auspuffgeräusch, vor oder nach seine Mitteilung, dass er den Lastwagenfahrer beim Regimentsstab abgepasst und eine ungeplante Pause »arrangiert« habe, damit Mannebergs Doktor nicht zu früh beim Schloss abgeholt werde? Hatte er den Himmel abgesucht, dieses lichtblaue Seidenpapier, über das ein schmaler, weißlicher Riss lief, bevor oder nachdem das Auspuffröhren das Rauschen nicht mehr übertönte? Und als das Rauschen zum pfeifenden Fauchen wurde, wie nahe war das Lastauto an der Kreuzung der Straße von Izel nach Vitry-en-Artois, einer Verbindung parallel zur Front, auf der regelmäßig Truppen und Material verschoben wurden? Ein Zeitpunkt zumindest war klar: Als der Gedanke »Straßenkreuzung« und das Geräusch am Himmel in einem unheilvollen Zusammenhang einrasteten – da begann Manneberg zu laufen, die Allee hinunter, zwei winzigen roten Pünktchen hinterher.

Er rannte noch, mit brennender Lunge, wollte schreien, konnte nur krächzen, wollte winken, bekam die Arme nicht hoch, da ging das Geschoss aus dem Marinegeschütz auf die Kreuzung nieder.

Der Lastwagen flog in einem gelbweißen Lichtblitz auf und zerstob in Tausende lodernde und schmelzende Partikeln. Eine brüllende Druckwelle stoppte Manneberg aus vollem Lauf auf null, knallte ihm die Pranke vor Brust und Bauch, hob ihn von den Beinen und warf ihn zurück, eine Ladung heißen, beißend schmirgelnden Dreck hinterher, der ihm die Haut im Gesicht und an den Händen abschliff. Er glaubte zu sehen, dass sein Blut in verschlungenen, wirbelnden Girlanden aus Ohren und Nase strömte, wie glimmende Papierschnitzel und Blätter leicht schaukelnd zu Boden glitten. Und einen brennenden Busch, durchgeglühte Bäume, weißpulvrigen Kalk auf glanzschwarzem Ruß, gesprenkelt mit pudrig gelbem Schwefel. Es war schön, auf seine Art.

Dann lag er an die zitternde Flanke des schwarzen Panthers gepresst. Nein. Rechenmacher fing ihn auf, hielt ihn fest. War er mitgelaufen, sein Freund *Cursus Velox*? Schon da gewesen? Wie gesagt; an dieser Stelle spätestens war die Flamme das Streichholz ganz hinuntergebrannt und sengte die Fingerspitzen an. So musste er es fallen lassen.

Die Schnitte und Hautschürfungen verheilten schnell. Das andere behandelte Manneberg selbst, so gut es ging und so, wie Karamchand es wahrscheinlich geraten hätte: Er schrieb Briefe, zehn, zwanzig. Jedes Mal, wenn er einen fertig hatte, zerknüllte und verbrannte er das Papier. Er schrieb immer das Gleiche; mit kleinen Änderungen nur erzählte er immer das, was er an der Straßenkreuzung gesehen hatte. Er schrieb nicht an irgendwen, nicht an *Frl. Müller,* sondern an Ariadne.

Ihren Vornamen zu wissen änderte viel, wenn nicht sogar alles. Wie sich in einer bloßen Buchstabenkombination so viel ballen konnte! Und wie ich das nur vergessen konnte. Ein Name hat etwas Magisches. *Rumpelstilzchen,* das andere Märchen, das er sich immer wieder hatte vorlesen lassen, erzählte das so, dass jedes Kind es verstand: *Ach wie gut, dass niemand weiß, dass ich Rumpelstilzchen heiß.* Solange niemand seinen Namen kennt, bleibt das garstige Zwerglein ein Phantom, gefeit gegen alle Versuche, es zur Rechenschaft zu ziehen. Erst mit dem Namen wird es verletzlich, ein Jemand, ein Du.

Ariadne also. Vielleicht. So oder so, sie schrieb ja nicht. Und selbst wenn sie gewollt hätte, wie hätte sie seine dahingekritzelte Feldpostadresse entziffern sollen? Alles Unsinn. Er zerknüllte den Briefbogen – Nummer einundzwanzig oder zweiundzwanzig – und entzündete ihn in einem alten Blechnapf. Nachdem der Rauch verweht war, fühlte er sich besser.

Die ganze Nacht zogen berittene und motorisierte Truppen durch. Einige schwere Geschützbatterien waren darunter. Manneberg konnte so oder so nicht schlafen und sah aus dem Fenster. Waren das die Vorboten einer Gegenoffensive? Sobald es hell würde, würde er über die Straße gehen und seine Leute wecken, die dort in einer stillgelegten Bäckerei schliefen. Der Himmel wurde schon blau, die Luft war mild bewegt, die Vogelwelt bestens aufgelegt. Der Frühsommer im Artois konnte schön sein, wenn man nicht damit beschäftigt war, sich gegenseitig umzubringen.

Manneberg wurde tatsächlich zum Oberleutnant befördert. Und er erhielt die Führung der 9. Kompanie, als deren Chef fiel.

Im Herbst 1915 begannen die Franzosen eine neue Offensive, aber sie brachen nicht durch.

Im Winter zeichnete er sich mehrfach als wagemutiger Führer von Patrouillen aus.

Im Spätwinter, sobald die Erde aufgetaut war, sprengten Deutsche und Engländer, die auf der anderen Seite eingerückt waren, im Niemandsland und unter den vorderen Gräben Dutzende von Minenstollen, die aufplatzten wie riesige Geschwüre und tiefe Löcher mit eitrigen Rändern rissen.

Im Frühling erhielt Manneberg das Eiserne Kreuz Erster Klasse und ließ sich mit dem zum Regiment zurückgekehrten Rechenmacher (nach dem Vorfall bei der Kreuzung war er versetzt worden) vor dem Schloss in Fresnes photographieren.

In der Mittsommernacht hörte er zum ersten Mal das Rumoren von Süden, von der Somme her, so als würden tausende leere Öltonnen in der Brandung eines sehr wütenden Meeres rollen.

Im Hochsommer, es war Anfang August, marschierte Manneberg ab, an die Somme. Was sollte noch passieren? Jetzt, da er seit einigen Tagen diesen Briefumschlag besaß, auf dessen Rückseite, oberhalb der v-förmigen Lasche in dunkelvioletter Tinte und unzweifelhaft weiblicher Schrift geschrieben stand:

A. Müller, München, Goethestraße 9.

Drei

I

Es hat mich immer gewundert, warum das letzte Bild im letzten Album von der Verlegung seiner Kompanie an die Somme stammte. Es zeigt eine Reihe abfahrbereiter, überladener Lastwagen voller Soldaten und Gepäck und den mit Taschen und Zeug behängten Leutnant Rechenmacher, der sich lachend nach der Kamera umschaut. Was passierte danach? Ging die Kamera kaputt oder verloren? Hatte er keine Zeit, Lust oder Gelegenheit mehr zu photographieren, wurde alles zu schlimm?

Bei mir im Job war es schlimm. Die Chefin redete überhaupt nicht mehr mit mir, seit ich meinen Mullah-Bart pflegte. Ich fand morgens Klebezettel am Monitor: *Dadada-dies, Dadada-jenes.* Und was ihr alles nicht passte. Immer öfter sollte ich Berichte umschreiben. Sie wollte mich schikanieren; so sah ich das, selbst wenn ich in lichten Momenten zugeben musste, dass das eine oder andere Dossier eher hingeschlampt war. Aber, bitte um Entschuldigung, wo blieb die Motivation der Mitarbeiter, die Pflege des Betriebsklimas? Und da soll einer Höchstleistungen vollbringen.

Mittlerweile hatten wir Hochsommer. In der Organisation war es nicht nur wegen der Klimaanlage eiskalt. Nur mit dem belgischen Kollegen pflegte ich noch Kontakt. Dessen Berichte brauchten stets etwas Nacharbeit; vielleicht würde er sich eines Tages dafür revanchieren können. Vorläufig brachte er mir ab und zu Sandwiches für die Mittagspause mit. Die anderen hielten mich wahrscheinlich für verrückt oder arrogant. Dabei versuchte ich schon gar nicht mehr, sie zum Aufstand zu bewegen. Gespräche in der Kaffeeküche verstummten, wenn ich kam. Na schön: Bestellte ich mir eben eine Espressomaschine, nur für mich. Mittlerweile hatte ich eine zweite Abmahnung erhalten, weil ich mich hatte hinreißen lassen, den Bürocomputer für eine ausgiebige militärhistorische Recherche zu benutzen. Da war die Chefin irgendwie draufgekommen und hatte mir prompt das Zettelchen überreicht und ziemlich höhnisch eine Weisheit aus dem Lieblingssport ihrer Nation zitiert: *Three strikes and you are out.*

Ich trennte von da an strikt zwischen Büro und meiner abendlichen, mehr und mehr nächtlichen Obsession. Wegen einer Lappalie sollten sie mich nicht hinauswerfen können. Das wäre ähnlich jämmerlich, wie Al Capone wegen Steuerhinterziehung dranzukriegen.

Die feindliche Haltung meiner Chefin, das abgekühlte Betriebsklima, die verblödende Arbeitsweise mit Online-Medien – das alles begann an meinen Nerven zu zerren. Vielleicht lag es am Schlafmangel, aber, wirklich, meine Hand zitterte, wenn ich morgens den Browser startete. Bang wartete ich auf die erste Seite, auf den ersten News-Zombie, der sich von hinten ans Monitorglas schmiss und langsam und mit kreischenden Fingernägeln abschmierte.

Andererseits war es eine Sucht. Wenn bei meinem Online-Leitmedium eine Nachricht einschlug, klickte ich sofort die anderen wichtigen Seiten an und maß die Zeit, bis auch dort die Meldung erschien. An langsamen Nachrichtentagen klickte ich im Leerlauf herum. Alle drei Sekunden, immer die Runde.

Tag für Tag trieben die Online-Redakteure ihre vor Vergnügen grunzenden Lieblingssäue, die Warnexperten, durch die Netzdörfer; auf *Spiegel Online* begann jede zweite Schlagzeile mit »Experten warnen...«. Sie warnten vor Biodiesel und chinesischem Kinderspielzeug, vor Zahnfleischschwund und Gletscherschwund und was nicht noch alles – aber am liebsten warnten sie vor *Panik*.

Ich bekam dieses flaue Gefühl im Magen, das vom Überwarnungssyndrom herrührt: all die Warnungen, die mich zwar nicht betrafen – oder doch? Wie die kosmischen Teilchen, die ständig durch den Körper rasen, angeblich nicht schaden, oder Handystrahlung. Für einen wie mich, der nicht mehr hinausging, war die Welt da draußen unglaublich gefährlich und unsicher geworden, vor allem, weil das globale Schmiermittel in Gefahr geriet. Es war die Zeit nach oder während der großen Finanzkrise oder vor der nächsten. Gelegentlich wurde ihr Ende ausgerufen oder der Anfang eines nahen Endes. Dann hieß es: Das Schlimmste habt ihr noch nicht gesehen. *Das war gar nichts*. Das Nostradamus-Syndrom griff um sich. Untergang allerorten. Ich erinnere mich an meine Erschöpfung, solange ich tagtäglich dem Ansturm all dieser feindlichen Meldungen ausgesetzt war, den unmittelbar bevorstehenden Zusammenbruch der westlichen Zivilisation und ihres Wirtschaftssystems vor Augen, die Urkatastrophe des 21. Jahrhunderts phantasierend.

Es war der Sommer meiner Acht-Stunden-Depressionen, fünf Tage die Woche, plus gelegentliche Wochenenddienste.

Dazu die Anflüge von Paranoia auf dem Arbeitsweg, denn durch die Straßen rollten dauernd Autos mit seltsamen Masten auf dem Dach, rundherum mit Kameraaugen bestückt wie ein Insekt, und machten unaufhörlich Photos, 360°, vom Gullideckel bis zum Schornstein. Aber sobald ich zu Hause eintraf, stürzte ich mich in die Urkatastrophe des 20. Jahrhunderts, meinen Weltkrieg, einmal hörte ich mich sogar sagen: Melde mich zurück zum Dienst, aber das war später, da hatte ich WarGirl18 schon kennengelernt. Was man so kennenlernen nennt, im Netz.

Ich nahm die Abendmaschine nach Arras, saß selbst am Steuerknüppel. Startete auf meiner Terrasse, stieg auf Reiseflughöhe und schaltete auf x-fache Echtzeit. Dann bestellte ich meine Pizza, und wenn sie geliefert wurde, war ich fast da. Zurück auf *realtime*, ließ ich die Tiefebene von Douai unter mir durchgleiten, von Osten auf die Hügelkette von Vimy zu. Ich schoss im Tiefflug über die immer noch rauchenden Ruinen der Lorettohöhe, stürzte den Hang hinab, schwenkte bei Roclincourt auf die Front ein, folgte in sanften Kurven der Grabenlinie bis zu ihrem höchsten Punkt, dann abwärts bis zur Bahnstrecke und kletterte südöstlich von Arras auf die Höhe des Point du Jour und weiter nach Bailleul-Sir-Berthoult, um dort zu landen.

Auf Google Earth war ich leider ziemlich spät gekommen. Anfangs wälzte ich noch Landkarten und Atlanten, um die Bewegungen des Regiments nachzuvollziehen, aber das verschaffte mir keine brauchbaren Bilder im Kopf. Ich wollte die Photos aus ihren Rahmen befreien und in die Wirklichkeit einbetten. Ich wollte aus den Augen meines Onkels schauen, wissen, was er sah, wenn er den Kopf über den Grabenrand steckte (was er besser nicht tat). Konnte er Arras am Horizont erkennen? Irgendwelche anderen Kirchturmspitzen? Gab es eine direkte Sichtlinie zwischen Bailleul-Sir-Berthoult und der vordersten Linie? Ich wollte verstehen, wie all die winzigen Ausschnitte ins große Bild passten.

Der Ort des Geschehens war schnell lokalisiert – und eine Enttäuschung. Ich hatte nicht erwartet, die Mondlandschaft von damals vorzufinden, aber hier sollen hunderttausend plus Menschen gestorben sein? Ich sah nur ein ödes braunocker-grünes Rechteckmuster von Feldern und Äckern, eine Autobahn, die Piste eines kleinen Sportflughafens, wuchernde Industriegebiete und die Verschlingungen der Ausfallstraßen von Arras. Hunderte Kilometer Gräben und Sprengtrichter – planiert, bebaut und überwachsen. Nichts mehr da, nur ein Dutzend Soldatenfriedhöfe: Das hochaufgelöste Bild ließ sogar einzelne Grabsteine erkennen.

Ich verschob, zoomte, kippte und drehte die Ansicht um alle möglichen Grade, Achsen und Winkel. Als könnte ich seine Geheimnisse durch stundenlanges Anstarren hervorlocken. Und ich starrte stundenlang, nächtelang, bis ich alles Mögliche zu sehen begann, auch das, was nicht da war. Oder vielleicht doch? Traktorspuren im Getreide, eigenartige Brachflächen, alles konnte etwas bedeuten. Dann hatte ich eine Idee: Ich scannte die Kartenskizzen der Stellung ein, die der Regimentsgeschichte beilagen, und legte sie als durchscheinende Grafiken über das Satellitenphoto.

Das Terrain begann zu reden. Ein Gebäude an einer Straßenkreuzung stellte sich als die umkämpfte *maison blanche* heraus, und ein Feldweg deckte sich mit der gepunkteten

Linie, die als Gaul-Weg bezeichnet war (über diesen Laufgraben ging der Onkel von Bailleul-Sir-Berthoult in die Stellung vor). Flecken mit verschwommenen Konturen mussten eingeebnete Minentrichter sein. Weiße Schlieren im Acker deuteten auf aufgewühlten und in die Erde eingemischten Kalkstein; sie schienen im früheren Niemandsland und längs der vordersten Linien besonders häufig. Mit Hilfe der überlagerten Karte, die alle Abschnittsgrenzen zeigte, konnte ich nun auch die Photos aus dem Album zuordnen und entlang der Stellung verteilen. Von Bild zu Bild hüpfend, spazierte ich durch Gräben, von denen aus der Satellitenperspektive kaum eine Spur zu erkennen war. *Morgen, Feldwebel! Was tut der Franzmann? – Nix los, nix los, Herr Leutnant.*

Und wieso nicht einfach nach Arras fahren? Oder gleich eine Pauschalreise aufs Schlachtfeld buchen: Das schien mir eine besonders bei Briten beliebte (und, wie ich recherchierte, seit Ende des Ersten Weltkriegs traditionelle) Reise. Es wimmelte im Internet von Angeboten. *Follow in the footsteps of heroes! Battlefield day tour: Only 20 €, unforgettable*, ORDER NOW! *Tour in luxurious Mercedes Minibus.*

Aber, erstens wollte ich nicht raus aus meiner Routine zwischen Organisation und Zuhause, eine Woche offline sein. Außerdem hatte ich keine Lust, mit superinformierten Rentnern auf irgendwelchen Äckern herumzustehen; noch dazu als Angehöriger der Verlierernation, ich wäre sicherlich der einzige in der Gruppe gewesen. Keiner, den ich kannte oder kennen wollte, machte Schlachtfeld-Touren; das schien mir etwas für eingefleischte Militaristen oder noch schlimmere Typen. Da zog auch der Mercedes-Kleinbus nicht. Vielleicht hätten sie mich hinter meinem Rücken »Hunne« genannt: manche Menschen sind nachtragend (selbst wenn der einzige Kampf, den sie persönlich mit einem Deutschen ausgefochten hatten, der um einen Strandliegestuhl an der Costa Brava war).

Die Engländer hatten es überhaupt mit dem »Großen Krieg«. Rief ich bei einem britischen Online-Buchladen die Stichwörter »Great War« oder »World War I« auf, bekam ich 56 000 Treffer. Und nicht hochwissenschaftlich-theoretische Abhandlungen, sondern das ganze praktische, aus dem vollen Leben und Sterben gegriffene Zeug: Uniformbilder, Waffen und Ausrüstung, Anatomien der Schlachtfelder und Offensiven, Stellungsbau, alte Offiziershandbücher, Dienstvorschriften, Regimentsgeschichten, Reiseführer an die Schauplätze. Aktuelle deutschsprachige Literatur über das Gebiet um Arras zu bekommen war unmöglich; was ich fand, stammte aus den zwanziger und dreißiger Jahren und las sich auch so. Sonst gab es Unbrauchbares aus der soziohistoriographischen Ecke, mit Titeln der Sorte *Schlachtfelder: Codierung von Gewalt im medialen Wandel*.

Es gab keinen wirklich guten Grund, meinen Platz vor dem Monitor aufzugeben. Zumal ich begonnen hatte, mich in mehreren Internetforen zum Ersten Weltkrieg zu engagieren. Mitreden konnte ich längst, bei all dem, was ich gelesen hatte. Ich entwickelte einen gewissen Ehrgeiz, besonders schnell und genau zu sein, und wollte nichts verpassen. Und in diesem großen englischen Forum konnte man nur aufsteigen, wenn man viel beitrug. Ich wollte mit meinen bis dahin zweiundzwanzig Posts ja nicht ewig *corporal* bleiben.

Dieser Name – WarGirl18 – war mir zuvor nicht aufgefallen. Es gab einen »RanWieBlücher«, natürlich einen »Napoleon«, einen »NullAchtFuffzehn«, aber die meisten gaben sich weniger Mühe und schrieben ihre Beiträge unter ihren tatsächlichen, höchstens abgekürzten Namen. Ich hatte eine Frage zu einem Uniformthema (Farbe irgendwelcher Litzen oder Abzeichen oder so eine marginale Sache) gestellt und erwähnte dabei auch den »Spiegelkasten«, ob irgendjemand etwas mit dem Begriff anfangen könne, einfach so ins Blaue hinein. Aber nichts kam zurück.

Natürlich hatte ich schon früher in alle Richtungen recherchiert. »Spiegelkasten« – das waren die *Aliberts* meiner Siebziger-Jahre-Kindheit: hässliche Plastikmöbelchen für das Badezimmer mit verspiegelten Klapptüren, elektrischer Beleuchtung und Steckdose. Sie gehörten dazu wie die *wilde Frische von Fa,* orangefarbene Kacheln und moosgrüner Teppichboden. Und für analoge Kameras der höheren Preisklasse konnte man sogenannte Spiegelkasten als Zubehörteil kaufen, für einen Zweck, den ich nicht verstand. Sonst fand ich nichts, was ein neunzig Jahre altes Photo mit der Notiz »Der Spiegelkasten« erklären half.

Eine Woche nach meiner ins Ungefähre gezielten Anfrage erhielt ich eine automatische Mitteilung des Forums: Jemand – WarGirl18 – hatte den *thread* um eine weitere Antwort ergänzt:

»Was weißt Du über den Spiegelkasten?«

Sonst nichts. Keine Anrede, kein Gruß. Ich bekam so feuchte Hände, dass die Maus glitschig wurde, atmete durch und begann zu analysieren:

Der Satz bestand aus sechs Wörtern und einem Satzzeichen. Eine knappe Gegenfrage, kürzestmöglich formuliert. Ein solider, kompetenter Satz. Grammatikalisch korrekt, keine Rechtschreibfehler; das konnte schon einiges bedeuten. »Du« großgeschrieben; das hatte etwas Gediegen-Altmodisches. Bestimmter Artikel vor »Spiegelkasten«. Das hieß doch: Die Existenz eines Gegenstands namens »Spiegelkasten« stellte WarGirl18 nicht in Frage. Sonst hätte WarGirl18 »den« weggelassen und allgemein gefragt: Was weißt du über Spiegelkästen? Dann variierte ich die Betonung, um das Bedeutungsspektrum abzutasten:

Was WEISST Du über den Spiegelkasten?

Hier versuchte jemand, mich auszuforschen, sicher in der Absicht, eigenes Wissen fein dosiert zu verabreichen. Oder überhaupt nicht.

Was weißt DU über den Spiegelkasten?

So verteidigte jemand sein Revier. Auch das »Du« gefiel mir nicht. Es wirkte in diesem Satz vertraulicher als das in Netzforen übliche Du; das mir im Übrigen auch nicht gefiel. (»Sie« würde die Anonymität zwar nicht aufheben, vielleicht aber für einen allgemein besseren Umgangston sorgen und bei manchen die Beißhemmung wiederherstellen.)

Oh-oh, dachte ich mir, an diese Sache musst du vorsichtig rangehen, mit gebremster Neugier.

Ich verordnete mir eine Woche Wartezeit, bevor ich reagierte; und das waren harte sieben Tage. Gab es einen Mitwisser? Hatte ich schon zu viel verraten, indem ich mich in diesem Forum mit dem Namen des Großonkels angemeldet hatte? Den Nachnamen zwar als Initial, aber *Ismar M.* war nicht gleich beliebig wie »Anton Müller« oder »Franz Maier«. Der Vorname kam sehr selten vor. Ein, zwei Rabbiner und jüdische Gelehrte namens Ismar warf die Suchmaschine aus.

Am siebten Tag nach der Kontaktaufnahme bestellte ich meine Pizza *Genesis* und flog wie immer in die Stellung (ohne das ging es nicht mehr: auch eine virtuelle Ortsveränderung ist eine Ortsveränderung). Ich loggte mich in dem Forum ein. Die Pizza kam, schmeckte wie immer. Ich klickte auf »Antworten« und tippte das Ergebnis aus sieben Tagen Nachdenken in das Textfeld:

»Arras.«

War das nicht smart? Eher nicht. WarGirl18 schwieg ebenfalls eine Woche und erklärte dann:

»Das genügt nicht.«

Ein Forumsteilnehmer hatte drangehängt: »Was habt IHR denn hier laufen? Entweder ALLE dürfen mitmachen, oder ihr geht PM.«

Ich hasste dieses anonyme, besserwisserische Gequengel. Aber richtig, diese Angelegenheit mussten wir wirklich nicht öffentlich verhandeln. Ich besorgte mir eigens eine E-Mail-Adresse, um die Unterhaltung per PM, *personal mail*, fortzusetzen, und benutzte das dafür vorgesehene Kontaktformular des Forums:

»Was weißt DU denn? Was soll die Geheimtuerei? Gib mir auch etwas.«

Diesmal ging es schneller. Die Antwort von WarGirl18@hotmail.com war nach ein paar Minuten in meiner Inbox. Kurz, wie gehabt:

»Schön, dann gebe ich Dir dieses: Karamchand – was kannst Du damit anfangen?«

Was sollte das denn? Da wollte mich wohl jemand auf

den Arm nehmen, selbst wenn die Antwort wie ein kleines Entgegenkommen aussah. Im ersten Ärger tippte ich:

»Keine Ahnung. Indisches Restaurant? – So kommen wir nicht weiter.«

Ich saß vor meinem Computer, wärmte ein Achtel *Genesis* auf der Handfläche und dachte absurderweise: Karamchand – Kamasutra. Natürlich: Das Ganze war eine schlüpfrige Anmache. Und WarGirl18 ein deutlicher Hinweis auf Geschlecht und legales Alter. In einem Imkerforum hätte sie es wahrscheinlich mit »Bienchen18« probiert. Mal etwas anderes als die übliche Spam-Mail, trotzdem ärgerte ich mich. Ich fertigte WarGirl18 mit ein paar Worten ab:

»Wie auch immer: Danke, bin nicht interessiert.«

An *so was*. Mal sehen, wie stark der Mitteilungsdrang wirklich war.

Ich schloss das Mailprogramm und lud die Flugsimulation. (Was ich, wenn ich wütend bin, an Computern so hasse: Man ist zu lächerlichem, feinmotorischem Mausgeschiebe und mickrigem Geklicke gezwungen, wo man doch das ganze Ding am liebsten an die Wand werfen oder kräftig treten will.)

Über Arras flog ich in letzter Zeit den Fokker-Dreidecker des Roten Barons. Die Landschaft war nicht sonderlich authentisch nachgebildet, aber immerhin musste ich nicht über Autobahnen, Hühnerfarmen und Industriezonen herumkurven. Der neunzylindrige Sternmotor brummte sonor aus dem Subwoofer, der Fahrtwind blies mir ins Gesicht (dank eines Ventilators hinter dem Monitor, auf voller Leistung). Ich würde eine Fliegermütze kaufen müssen, um mir nichts an Ohren und Stirnhöhlen zu holen. Nach drei siegreichen Luftkämpfen im – zugegeben – leichtesten Level, unverwundbar und bei unerschöpflicher Munition für mein rotglühendes Zwillings-MG, das so herrlich zwischen den Propellerblättern durchschoss, meldete WarGirl18:

»Das ist sehr schade. Aber wenn Du es Dir anders überlegen solltest, nimm doch bitte wieder Kontakt mit mir auf, ja?«

Ja, ja, schade vielleicht, aber egal.

Ich ballerte vier oder fünf Stunden weiter und ging ins Bett. Einschlafen konnte ich nach solchen Spielmarathons nur schlecht, darum griff ich nach den Photoalben, um noch ein wenig zu blättern. Darauf hatte ich bisher gar nicht geachtet: das Photo des Spiegelkastens war ja das letzte vor dem wirklich letzten, dem von der Abfahrt an die Somme. Zufall? Ich schlug in der Regimentsgeschichte nach.

Damit verließ das Regiment jene blutgetränkte Stätte seiner ersten Tätigkeit vor Arras, welche es im Oktober 1914 ehrenvoll sich erkämpft und in 21 monatlicher, rastloser Arbeit zu einer mustergültigen Stellung ausgebaut hatte.

War ich übermüdet oder warum klang mir das auf einmal wie die Vertreibung aus einem Schrebergarten, so mit einem leicht beleidigten Unterton?

2

»Cursus Velox«, rief Manneberg, »schau mal hierher.«

Der Führer der 12. Kompanie drehte sich um, und Manneberg drückte den Momentverschluss. Dann nahm er den Film aus der Liliput.

»Schenk ich dir.«

Rechenmacher griff nach dem Photoapparat.

»Brauchst du ihn nicht mehr?«

Manneberg sagte: »Ab jetzt mache ich meine eigenen Bilder.« Und er tippte mit dem Finger an die Schläfe, um anzuzeigen, wo.

Der neue Besitzer der Kamera klappte den Apparat zusammen. Das Geräusch, dieses *Plopp,* wenn die Streben einknickten und die Luft aus dem Gehäuse wich, würde Manneberg vermissen. Auch das leise *Ritsch* des Momentverschlusses. Nur leider hatten sich die Momente nicht zuverlässig unter Verschluss halten lassen.

»Sie hat auch eine Igelit-Mattscheibe, hier«, sagte er.

»In der Tat?«

In den Genuss dieses spöttischen Lächelns war Manneberg in den letzten Monaten seltener gekommen. Kurz nach dem Vorfall in Fresnes, bei dem Karamchands Lastauto in die Luft geflogen war, war Rechenmacher zu einem neu aufgestellten Pionierbataillon abkommandiert worden – mit

Tätigkeitsschwerpunkt Einsatz von Granat- und Minenwerfern. Das sollte, nach Latrinenparolen, eine vom Regimentsadjutanten gedeichselte Vergeltung gewesen sein – für das Schwänzen einer Minenwerfer-Einweisung und das Entführen eines Lastautomobils. Letzteres konnte der Adjutant allerdings nur vermuten. Manneberg hatte niemandem erzählt, was er später von Rechenmacher selbst erfuhr: dass dieser nämlich (während der Fahrer sich hinter einem Alleebaum erleichterte) die Benzinleitung abgeklemmt und dann scheinkompetent unter der Haube herumgefuhrwerkt hatte, bis die halbe Stunde voll war und der Motor sich wunderbarerweise wieder ankurbeln ließ.

Kurz vor der Verlegung an die Somme kehrte Rechenmacher zum R.I.R. 2 zurück; Manneberg traf ihn zufällig in der Nähe der Poststelle. Ob Rechenmacher Mannebergs erste Wut und die (nicht nur aus seiner Versetzung) folgende Abkühlung ihres ohnehin lockeren Verhältnisses verstanden hatte? Natürlich tue es ihm leid, wie es im Ende gelaufen sei, sagte Rechenmacher, er habe nur einen Freundschaftsdienst leisten wollen.

Manneberg hatte sich zu diesem Zeitpunkt längst auf die schicksalhafte Betrachtung zurückgezogen. Sicher, wenn Karamchand früher losgefahren wäre, dann hätte *diese* Granate immer noch an *dieser* Stelle eingeschlagen – aber vielleicht eine andere an anderer Stelle und mit demselben Ergebnis. *C'est la guerre*. Am Ende war es einfach, wie es war, und er dankbar, dass er diese halbe Stunde extra mit Karamchand gehabt hatte, mit oder ohne Rechenmachers Eingriff.

Ein wenig überrascht war Manneberg deshalb, als Rechenmacher sagte, er werde es wiedergutmachen. Was denn, und vor allem: wie? Das konnte nur eine Floskel gewesen sein, natürlich, dachte er, eine Art Begrüßungsformel, ein Zeichen, weil sie sich nun wieder öfter begegnen würden. Interessanter blieb die Frage, wieso der andere von seinem Treffen mit Karamchand in Fresnes gewusst hatte. Hast du mir doch erzählt!, hatte Rechenmacher gesagt. Nur, er konnte sich partout nicht daran erinnern. Aber was bedeutete das schon? Man war im Gespräch, eine Granate pfiff heran, man warf sich in Deckung, stand wieder auf (sofern man Glück gehabt hatte), klopfte den Staub aus der Uniform und ... *wo waren wir gerade?* Als hätte ein gewaltiger Radiergummi das soeben bekritzelte Blatt blankgerubbelt – und das passierte ständig. Man fing so oft von vorne an. Und so mochte er es nicht ausschließen, dass er Rechenmacher davon und vielleicht auch von anderen Dingen erzählt hatte. Aber er glaubte es nicht.

Ein greller Pfiff von der Spitze der Kolonne. Manneberg wünschte Rechenmacher viel Glück und Spaß mit der Kamera, gab das Zeichen zur Abfahrt und schwang sich in die Kabine des Lastautomobils. Das III. Bataillon verließ seine Stellung vor Arras in einer riesigen Staubwolke. Nach einer Weile nahm er den Brief von Fräulein Müller aus der Tasche und betrachtete den Umschlag.

Für ihn hatte die Feldpost wieder einmal nur die Monatsschrift des *Kartells Jüdischer Verbindungen* gehabt, die er aus dem braunen Umschlag gezogen und durchzublättern begonnen hatte. Auf Seite zwei wurden die gefallenen Bundesbrüder achtunddreißig und neununddreißig vermeldet;

einen der beiden kannte Manneberg von der *Jordania* in München. *Am 3. Mai bei Verdun am »Toten Mann« durch Kopfschuss.* Schön, falls es so gewesen war, aber das sagte man den Hinterbliebenen gerne, um ihnen eine weniger wünschenswerte Wahrheit zu ersparen. Er hatte die Ausgabestelle schon verlassen wollen, als der Feldwebel einen zweiten Postsack ausleerte und zu sortieren begann.

Manneberg stellte sich abseits und überflog die Beiträge zu einer – wieder einmal – heftig entflammten Debatte über die Palästinafrage. Die Bundesbrüder Cohn und Preuß hatten sie losgetreten, in der vorigen Ausgabe, indem sie in klaren und harten Worten forderten, die Entscheidung nicht zu vertagen und unmittelbar nach Kriegsende aufzubrechen: Die *Stärksten und Mutigsten* müssten sich zu einer *Gemeinschaft zusammentun und in Palästina als Bauern ein neues, freies Leben sich erkämpfen.* Später sei es zu spät: *Niemals werden wir wieder körperlich so vorbereitet, der großstädtischen Verweichlichung so entwöhnt sein.* Da hatten andere, bei aller grundsätzlichen Übereinstimmung, doch einiges einzuwenden, las Manneberg. Der eine zweifelte an der Eignung des jüdischen Akademikers zum Bauern, der andere wollte von seiner deutschen Kultur nicht lassen, ein Dritter glaubte, die Westjuden würden sich in Palästina unter der übergroßen Mehrzahl ungebildeter Ostjuden wiederum wie im Exil fühlen.

Die werten Bundesbrüder hatten wirklich Muße, seitenweise Pamphlete zu verfassen: Nun, für einen Rechtsanwalt schienen die Aussichten nicht schlecht, dachte Manneberg halb amüsiert, halb verärgert, da hätte er sicher einiges zu schlichten. Was ihm missfiel, war die Vorstellung, irgendwann die Uniform auszuziehen, nur um gleich wieder zu kämpfen. Und das als Bauer? Dann hatte der Feldwebel seine Gedanken unterbrochen.

»Herr Oberleutnant, hier ist doch noch etwas für Sie.«

Er war törichterweise rot bis über beide Ohren geworden. Erst abends, allein im Unterstand, während die Engländer ein träges Störfeuer über die Stellung streuten, öffnete er den Brief.

Mein lieber Ismar,

Dein Brief kam so überraschend, wie ich ihn ersehnt hatte. Ich traf den Postboten auf der Treppe, er gab mir den Umschlag mit einem seltsamen Lachen, als sei es nicht eine Selbstverständlichkeit, dass der Mann im Felde seiner geliebten Frau nach Hause schreibt! Selbst wenn es stimmt, dass wir noch nicht verheiratet sind. Ein komischer Kauz, der Postbote, wär wohl lieber selbst im Feld (sagt er wenigstens).

Ich möchte Dich allerdings bitten, nächstens Deine Adresse im Felde ordentlicher anzugeben. Um wie viel früher hätte mein Brief Dich erreicht, und ich hätte ihn nicht so oft zurückgesandt bekommen.

Berichte mir nur immer alles, was Du sagen willst und darfst, ich meine, das müsste guttun, das eine oder andere von der Seele zu schreiben, nicht wahr?

Für immer die Deine,
A.

Nein, der Brief war nicht sensationell; wie hätte er das sein können? Die Zeilen, die er damals geschrieben hatte, schienen ihm (falls er sich richtig erinnerte) ebenfalls hölzern und ungeschickt. Aber das würde sich geben, wenn ihre Korrespondenz eine Fortsetzung fände. Zumindest erspürte er aus dem Brief ein Mitfühlen, das ihm echt und ungekünstelt vorkam. Dazu eine sachliche Verständigkeit, in der praktischen, weiblichen Art, wie sie auf die korrekte Adressierung hinwies. Das war ja richtig, und er würde künftig darauf achten.

Er strich das Blatt glatt und faltete es, bevor er es wieder in den Umschlag schob. Eines musste er sich eingestehen: Von Frauen verstand er nicht viel. Er war ein Einzelkind, deswegen kannte er das, was als ausgeformtes Wesen Frau ist, nicht als dessen verpuppte Existenz, als Schwester. Er wusste wohl, dass es einer Frau bedurfte, um eine Familie zu gründen, was die Erzeugung von Kindern in seinem Verständnis mit einschloss. Über die körperlichen Aspekte der Sache glaubte er sich ausreichend unterrichtet. Freilich würde seine Frau, falls er denn einmal eine haben sollte, sein halbes Wissen durch die ihr mitgegebene Hälfte ergänzen müssen. Anders war das Ganze nicht zu haben; es war, wie der Geschmack einer Frucht, erst durch Erwerb und Genuss zu erlangen (redlich und rechtlich zumindest). Aus den derben Reden der Mannschaften, gelegentlich auch denen betrunkener Offiziere, war zwar einiges zu erfahren; aber das war beschmutztes Wissen. Alle Einladungen in das divisionseigene Offiziersbordell hatte er ausgeschlagen. Manneberg war eine Jungfrau im Krieg. Er hatte ein halbes Dutzend Menschen mehr oder weniger direkt umgebracht, aber die Mechanismen der Zeugung menschlichen Lebens waren ihm nur vom Hörensagen bekannt. Nicht durch eine bewusste Verweigerung seinerseits; es war ihm einfach nicht widerfahren; durch verpasste, nicht ergriffene Gelegenheiten und andere Dinge, die wichtig waren. Wenn er seine Infanteristen ansah, die mit fünfunddreißig Jahren bereits vier oder sechs Nachkommen hatten, hatte er manchmal gedacht: Ist es mir nicht aufgegeben, für jedes Leben, das ich genommen habe, ein neues auf die Welt zu stellen?

Dann wieder schienen ihm solche Überlegungen metaphysisch und abstrakt. Beide Seiten schaufelten in die Waagschalen, und die würden sich erst dann definitiv senken, wenn die eine oder die andere Partei nichts mehr aufzulegen hatte. Mit der Großoffensive an der Somme im Juli und August 1916 neigte sich der Skalenzeiger der Waage zugunsten der Engländer und Franzosen. Also karrte man etwas Gewicht für die eigene Seite heran, auch das Königlich Bayerische Reserve-Infanterie-Regiment Nr. 2, dreitausend Mann schwer.

Der überladene Laster schaukelte Kilometer um Kilometer über die schnurgerade Landstraße in Richtung Cambrai. An jeder Straßenkreuzung zog Manneberg unwillkürlich den Kopf etwas tiefer zwischen die Schultern.

In Marquaix holte Manneberg seine Kompanie von den Lastkraftwagen. Von hier marschierten sie am Abend ins Biwak, um die Abkommandierung in die vorderste Linie abzuwarten. Er hatte kaum sein Zelt bezogen, da kam der Befehl. Es wurde Zeit. Unter dem Donnern der Artillerie schrieb Manneberg den Brief, der in seinem Kopf schon längst fertig war.

Ronssoy, 11. August 16

Meine liebe »A.«,

oder Ariadne, wie ich Dich anreden will, warum, erfährst Du gleich, ich bin mit Dir verbunden über einen Faden, von dem ich nicht weiß, was er hält oder auch nur halten kann. Deshalb will ich fürs Erste nur sehr vorsichtig daran zupfen.

Vom Kriegführen werde ich Dir nicht erzählen, sondern von einem Menschen, der mich einiges gelehrt hat und an dessen Tod ich eine gewisse Mitschuld zu tragen glaube. Er hieß Karamchand und war (trotz dieses Namens) ein preußischer Militärarzt. Der wunderbare Mann rettete mich einmal und tut es immer noch, jeden Tag, den ich in diesem Krieg erlebe oder besser: überlebe.

Wir lagen vor Arras in Stellung und – was genau geschah, will ich Dir ersparen. Damals wünschte ich, tot zu sein, aber ich konnte es doch nicht, teils aus Pflichtgefühl, teils aus Scham, ohne Verwundung in den Graben zurückzukehren (denn ich hatte nicht einen sichtbaren Kratzer abbekommen), und weil ich trotz allem leben wollte, vielleicht auch nur aus purer Beharrung. Schon zuvor hatte ich, wenn die Angst mich packte, das Bild eines großen, schwarzen Panthers vor Augen gehabt, der mich mit dem Hieb seiner Tatze hätte vernichten können.

Ich fürchte mich nicht vor dem Tod, ich rede von einer »Erblindung der Seele«, die mir Angst macht. Karamchand sprach davon, aber ich bin mir nicht sicher, ob ich ihn genau verstanden habe. Inzwischen hat der Ausdruck für mich jedenfalls eine eigene Bedeutung, und ich bin noch unentschieden, ob die Seelenblindheit einem Mann im Krieg eher nützlich ist oder ob sie ihm schadet, auch auf lange Sicht. –

Zuletzt spürte ich den Panther, als Karamchand von einer Granate zerrissen wurde und alle seine Unterlagen und Apparate verbrannten. Einer dieser Apparate faszinierte mich und brachte mich auf einen Gedanken. Karamchand nannte ihn den »Spiegelkasten« und gab damit den Amputierten ihre Hände zurück und nahm die Schmerzen fort. Nein, keine Prothese oder ein chirurgisches Kunststück, sondern ein Spiegelbild, der Blick auf ein »spiegelverkehrtes Bild«, wie man sagt, erzeugte in den Köpfen der Amputierten die Vorstellung, ihre Arme und Hände wären wieder da. Links wird rechts, böse wird gut, hässlich wird schön, dachte ich mir, es kommt nur auf den Spiegel an und von welcher Seite man hineinsieht. Das, was man glaubt zu sehen, wird viel mächtiger als das, was man wirklich sieht. Man könnte auch sagen, die Welt entsteht im Kopf, selbst wenn es nur etwas Vorgespiegeltes ist. Und ich habe mir vorgenommen, alles nur so zu sehen, wie ich es will.

Morgen rücken wir vor in die Schlacht. Es heißt, es gebe hier keine Stellungen mehr und Linien, die auszumachen wären, nur Trichter und aufgeworfene Erde, und alles sei in ständiger Bewegung und Umwälzung. Karamchand nannte das dort vorne ein Labyrinth. Und das stimmt, der Minotaurus brüllt ganz furchtbar herüber, schreit nach Menschenfleisch, und er wird es sicher bekommen.

A. wie Ariadne, ich gehe ruhig. Was verkehrt ist, sehe ich gerichtet über den Spiegel – und dazu spüre ich nun auch noch Deinen Faden zwischen den Fingern.
Dein Ismar Manneberg, Oberleutnant
9./III. k. b. R.I.R. 2, Ronssoy/Somme

In dem grauen Garten schossen schwarze, dornige Sträucher aus reich gedüngter Erde auf und entfalteten sich in weißgelben Schwefelblüten, die nur für den Bruchteil einer Sekunde flackern wollten. Aber das machte nichts, es herrschte Überfülle, überall sprangen diese Knospen auf, überall in diesem eifrig und sorgsam geharkten Garten. Das Säen, Wachsen und Ernten geschah in allergrößter Geschwindigkeit, und wer immer es tat, er setzte die Stauden dicht und eng, um ja keinen Fußbreit des kostbaren Bodens ungenutzt zu lassen. Bleierne Bienen sausten kreuz und quer, unablässig tackerten Spechte, und dazwischen schwirrende Splitter in bizarren Formen, flatternd und taumelnd.

Mittendrin krabbelten graugrüne Käfer herum, suchten emsig ihre Löcher und ließen sich vom fliegenden Schlamm bedecken, bis Manneberg sie nicht mehr ausmachen konnte zwischen Pulverdampf und Erdfontänen. Er wusste ohnehin nicht mehr, wie viele Leute er noch hatte, wenigstens die Hälfte war schon auf dem Weg in die braune Linie ausgefallen, und ob das hier die braune Linie war – woran sollte er das erkennen? Zu der zweifellos korrekt gezeichneten Karte gab es keine passende Wirklichkeit. Die Kompassnadel kreiselte und zappelte, genarrt von den Tausenden Tonnen Eisen im Boden und in der Luft.

In den Resten eines MG-Nests lag der Leutnant, den er

ablösen sollte (wenn er es denn war), mit frisch aufgerissener Seite, die Beine unter Holzbohlen und Erde verschüttet. Manneberg hielt den Kopf des Leutnants und lauschte auf die hastigen Atemstöße. Er musste sich tief hinunterbeugen, das Ohr berührte fast die weißen Lippen des Mannes. Das Atmen setzte immer wieder für zehn, fünfzehn Sekunden aus, und jedes Mal flutete Stille den Garten, als wenn der große Gärtner für eine kleine Weile die Arme verschränkte und zufrieden herumblickte; bis erst ein leises Zittern durch den Rumpf des Offiziers lief, darauf ein Schütteln, das sich zu einem gewaltsamen Aufbäumen steigerte, als er mit einem Röcheln nach Luft schnappte. Er lag ein paar Sekunden ruhig. Dann setzte erneut das schnelle und flache Atmen ein, und Manneberg beugte sich wieder hinunter und horchte, bis er verstand, was vor sich ging. In jedem Atemzug holte sich das Tier, das noch in diesem zerstörten Körper hauste, seinen Lebensstoff, und es tat das mit einem zornigen, auch ein wenig ängstlichen Knurrlaut. Beim Ausatmen hörte Manneberg etwas anderes – ein singendes Sirren, das sich nicht lösen konnte und hartnäckig von dem knurrenden Tier zurückgeholt wurde.

»Stirb doch«, flüsterte Manneberg, »stirb doch.«

Die Episoden des flachen Atmens wurden kürzer, die des Stillstands länger. Vor der Druckwelle eines nahebei krepierenden großen Kalibers flog ein Pionierhauptmann in Mannebergs Mulde, mit ihm ein dreibeiniger Meldehund. Er setzte sich auf, konstatierte stirnrunzelnd, wie Manneberg den Kopf des sterbenden Leutnants in seinen Schoß gebettet hielt, und brüllte: »Was soll das denn, stellen Sie die Kreuzabnahme Jesu nach? Was sind Ihre Befehle?«

Manneberg sah ihn ausdruckslos an. Er nahm seine Pistole heraus und legte sie neben sich.

»Befehl: Zwei Züge neunte Kompanie bilden Postenschleier entlang brauner Linie.«

Ein Wald glühender Baumstämme wuchs um die Mulde herum, leuchtete in dunkelviolettroten Blütenblitzen, versprühte scharfkantige Blätter und hartkandierte Früchte und fiel über den Löchern zusammen, in denen er seine Wurzeln gehabt hatte.

»Was? Das ist nicht die braune Linie«, schrie der Hauptmann, »oder? Was wollen Sie mit der Pistole – doch nicht –«

»Den armen Hund erschießen«, sagte Manneberg leise. Wenn der andere ihn verstehen wollte, musste er schon von den Lippen ablesen. Er setzte die Mündung auf die flache Stelle zwischen den Augen und drückte ab. Nach ein paar Sekunden zappelte der Hund nicht mehr mit den Pfoten, Manneberg beugte sich wieder zu dem röchelnden Leutnant.

»Hören Sie dieses Singen? Das ist die Seele, die hinauswill« Er wartete das Einatmen des Leutnant ab und sagte: »Und das, das ist der tierische Leib, der die Seele behalten will, weil er ohne sie nur rottendes Fleisch ist.«

Der Hauptmann nahm dem Hund das Halsband ab. Dann brüllte er, weil soeben wieder ein Wäldchen rings um die Mulde aufschoss, mit heiser überschlagender Stimme:

»Oberleutnant – das *kann* nicht – die braune Linie sein – das – ist – gar – nichts –«

Er fiel aufs Gesicht. Mit dem grellen Kreischen von Stahl auf Stein fuhr ein riesiger Spaten unter das MG-Nest und hebelte es aus dem Erdboden. Manneberg rutschte seitlich weg, kam auf den beiden anderen zu liegen, sobald der Untergrund wieder zusammensackte. Er schob den toten Hauptmann auf die Seite und drehte den Leutnant auf den Rücken. Der hatte die Augen jetzt offen, atmete nicht mehr. Manneberg zählte bis sechzig. Er nahm den Mantel des Hauptmanns, breitete ihn aus, um sich draufzulegen, gleich neben dem Leutnant. Weit über den Kronen der schwarzen Bäume hing ein gelb-rötlich fluoreszierender Flaum.

Eine Lichtung, dachte Manneberg, ich habe eine liebliche Lichtung gefunden. *Im dunklen Tann ein kühler Quell.* Wo waren die Feldflaschen? Gott, was für einen Durst man haben konnte! Er trank – Kirschwasser. In der anderen Flasche: Kirschwasser. Da hatte sich der brave Bursche wohl vertan. Er schaute sich um. Die Flasche des Hauptmanns hing noch um dessen Hals: leider leer. Also Kirschwasser, viel Kirschwasser. Er kroch an den Rand der Mulde, nach seinen Leuten sehen – und rutschte sofort wieder abwärts. Oh-oh. Jemand musste die herumsausenden Bienen sehr, sehr gereizt haben; die waren durchaus aufs Stechen aus. Noch etwas Kirschwasser, dann legte er sich wieder neben den Leutnant und sagte: »Es ist schön hier. Warten wir ein wenig.«

Er kam zu sich und befühlte als Erstes die Schläfen – da mussten doch beidseits Splitter drinstecken. Nein, bloß das Kirschwasser machte ihm fürchterliche Schmerzen im Kopf. Uhrzeit? Das gesplitterte und eingedrückte Glas klemmte die Zeiger ein. Einbrechende Dunkelheit jedenfalls. Offenbar war das Feuer seitlich abgewandert; der Boden unter ihm vibrierte leicht und gleichmäßig. Er arbeitete sich an den Rand der Mulde vor. Sperrfeuer links, Trommelfeuer rechts. Dazwischen ein Streifen Mondkruste, herabgefallen auf die Erde, kalt und tot.

Sie waren alle tot. Gleich, in welches Loch er sprang. Seine Leute, andere, Franzosen. Die er fand, zumindest; die anderen waren einfach weg, untergepflügt, pulverisiert oder abgezogen.

Später füllte ein geräuschloses Gewitter drei umgedrehte Stahlhelme, die er gefallenen Soldaten abgenommen hatte. Es reichte für einige Schlucke und einen guten Vorrat in der Feldflasche.

Er verirrte sich in einem Labyrinth mit beweglichen Mauern und Gängen. Die Artillerie beider Seiten schoss Streufeuer. Keine Ahnung hatten die, wohin ihre Granaten gingen. Hier gab es keine Stellung, niemand zu töten außer ihm. Wozu der Aufwand? Er stolperte, fiel, rutschte von Loch zu Loch, auf dem Bauch über schmierigen Lehm und durch schleimige Pfützen, griff in Dinge, vor denen er die Augen schloss. Neue Abgründe öffneten sich, andere wurden zugeschüttet. Ab und zu sprangen von Granaten aufgeschreckte Leichen in grotesken Posen vor ihm herum, zuckend im Licht der Detonationsblitze, remobilisierte Einbeinige, Keinbeinige, Ohnarmige, Ausgeweidete und Kopflose.

Als es dämmerte, strichen MG-Garben und Gewehrkugeln knapp über ihn hinweg, wenn er sich bewegte, egal ob kriechend oder springend. Offenbar interessierten sich beide Seiten für ihn. Er rollte in den nächsten Trichter, um die Nacht abzuwarten. Das Artilleriegetöse schwoll an, noch bevor es richtig hell wurde, irgendetwas Großes war im Gange. Vielleicht versuchten die Franzosen wieder den Durchbruch in der Senke nördlich von Cléry.

Aufrichten konnte er sich nicht in diesem Loch. Oben hatte es vielleicht vier Meter Durchmesser, am Grund keine eineinhalb. Ein Paar Stiefel lugte aus dem Boden, wo er schräg zur Trichterwand anstieg, und etwas abgesetzt, halb bedeckt, der Rücken einer Uniformjacke, vom Gürtel bis zur Schulterklappe, an der eine Schützenschnur baumelte. Und ein zertrümmertes Gewehr, noch mit aufgepflanztem Bajonett.

Die Sonne schien. Sie wärmte die Fliegenschwärme, die wie ein fließender, metallisch glänzender Ölfilm die Trichterwand auskleideten und als formlos schillernde Kolibris aufstoben, wenn er einen Steinbrocken zwischen sie warf. Als die Sonne stieg und kräftiger wurde, trocknete sie den Schlamm von grau zu weiß, die Klumpen zu Staub. Sie trocknete seine Kleider, die einen widerlichen Gestank ausdampften. Leichengeruch. Vielleicht war er schon tot und wusste es nicht. Woher auch; er war ja noch nie tot gewesen. Soweit er wusste. Er spann den Gedanken ein paarmal im Kreis, bis er sich darin verwirrte. Jetzt nur nicht irre werden. Einen Plan machen. Funktionieren. Die Uniform, so dreckig und zerfetzt sie war, mit einem makellosen, pflichttreuen Offizier der königlich bayerischen Armee ausstopfen.

Wenn die Sonne schon von oben schien, dann sollte sie ihn nicht nur ausdörren, sondern nützlich sein. Er rammte das Bajonett in den Boden des Trichters, Spitze aufwärts, und markierte den wandernden Schattenwurf mit Patronenhülsen, Knöpfen und Steinchen. Vom verbliebenen Wasser trank er in winzigen Schlucken. Dennoch hielt es nur bis Mittag vor – diesen Zeitpunkt konnte er nun ziemlich genau bestimmen, auch, wo Süden war.

Ariadne, dachte er zwischendurch einmal, das ist doch ein Traum. Träumerei. Unmöglich. Das ist der Rechenmacher, der sich einen Spaß mit mir macht. Mein schwarzer Schutzengel.

Er robbte hinüber und nahm dem Toten die Schützenschnur ab. Es dauerte, bis er das Zopfgeflecht der Schützenschnur aufgedröselt und mehrere kürzere Teile aneinandergeknüpft hatte. Mit diesem Faden verlängerte er den kurzen Mittagsschatten der Klinge zum nördlichen und südlichen Rand des Trichters, stellte Hülsen als Merkzeichen auf.

Den Nachmittag über schichtete er Kreidebrocken am Trichterrand, sehr behutsam, einen nach dem anderen. In den Pausen dazwischen knüpfte er den Faden länger und länger. Nach einer Weile konnte er es blind. Seine Augen brannten und juckten. Hitze und Durst machten ihn mürbe und schwach. Irgendwann schlug er nicht mehr nach den Fliegen. Aber die interessierten sich mehr für den Toten im Trichter. Vielleicht bin ich das Futter der nächsten Generation, dachte er.

Mond und Sonne gingen etwa gleichzeitig auf und unter. Vorgestern, während er den Brief geschrieben hatte, war die Zeltbahn in seinem Rücken immer heller geworden und hatte das schwache Flackern der Kerze höchst willkommen ergänzt. Zwischen nachlassendem Sonnenlicht und zunehmendem Mondschein würde er dreißig, höchstens vierzig Minuten maximaler Dunkelheit haben.

Bei Dämmerung nahm er Steine aus der aufgeschichteten Mauer und prägte sich Geländemarken in allen vier Himmelsrichtungen genau ein, vor allem die Hügelkuppe nördlich und einen zerschossenen Wald östlich. Wenn er in diesem Sektor blieb, dann müsste er die eigenen Linien erreichen können; sofern nicht das Höllenspektakel den Tag über die Front auf den Kopf gestellt hatte.

Ein Ende des Fadens band er um einen großen Kalksteinbrocken, den Rest der Länge nahm er sorgfältig zusammengelegt in die Hand. So würde er zurückfinden, falls er einen neuen Anlauf beginnen musste, jedenfalls so weit die paar Meter Faden reichten.

Er kauerte am östlichen Guckloch und wartete. Die Sonne war längst weg, der Mond noch nicht da, aber die Dunkelheit nahm kaum zu. Seine Kalkulation ging offenbar nicht auf – bis ihm klarwurde, dass seine Augen die schwindende Helligkeit ausglichen. Er kroch los, umkurvte ein paar Granatlöcher und verlor sofort die Orientierung. Der Faden riss wenig später.

Zwanzig Zentimeter über dem Boden glich jeder Steinbrocken einem Haus. Weder den Hügel noch den zerschossenen Wald konnte er ausmachen. Er drehte sich auf den Rücken, um die Länge seiner gestreckten Beine auf einen Punkt ungefähr zwischen südlicher und westlicher Marke auszurichten. Dann kroch er auf dem Bauch weiter und versuchte, von der Linie nicht mehr abzuweichen und nicht daran zu denken, über was er rutschte, wenn der Boden wieder einmal weich federnd nachgab.

Das Fadenknäuel hielt er noch immer in der rauhen, aufgerissenen Hand. Irgendwann vergaß er, dass es ihn weder hinaus- noch zurückführen würde. Es war einfach nur angenehm zu berühren.

Die Hügelkuppen, Mulden, zerschossenen Wälder und

Bäume, Geländewellen, Trichter – es sah alles gleich aus, gleich in welche Richtung. Wenn er nicht parallel zur Front gerobbt war, dann musste er sich langsam entweder der einen oder der anderen Seite angenähert haben. Als der Mond sich zeigte, genügte es ihm, dass er flach von rechts schien, um weiterzukriechen, in jede noch so seichte Schattenpfütze eintauchend. Ab jetzt waren sie wieder hellwach, hinter ihren MGs und Zielfernrohren. So konnten sie sich ihre Schützenschnüre verdienen.

Das eine Geräusch war eindeutig das Durchladen eines Gewehrs, das andere der Abschuss einer Leuchtkugel. Er schloss die Augen.

»Oberleutnant Manneberg kommt zurück.«

Wollte er rufen. Was herauskam, war so etwas wie *o-ch-ch-ch*, ein langer, tonloser, leise verhechelnder Hauch. Sein eingetrockneter Kehlkopf brachte die Stimmbänder nicht mehr zusammen. Und bis er genügend Speichel gesammelt hätte, wäre die Leuchtkugel aufgegangen, er läge da im gleißenden Licht, eine weiß eingestaubte Figur, ein Gespenst aus dem Niemandsland; Freund und Feind hätten da geschossen, vor Schreck, aber niemand schoss. Dafür sagte jemand:

»Fortunatus Redux, schau mal hierher.«

Dann hörte er das leise *Ritsch* des Momentverschlusses.

3

Bei mir schlagen Erkenntnisse manchmal wie Granaten ein. *Ssssssssssit – tschack:* Was, wenn WarGirl18 gar keine Frau war? Da saß ich, den Steuerknüppel meiner Fokker in der Hand, Daumen auf dem Feuerknopf, und fror einfach ein. Prompt schoss mich einer vom Himmel.

Ich Idiot hatte das einfach angenommen: *Girl = Mädchen,* also Frau, logisch. Jetzt ekelte ich mich bei der Vorstellung, es könnte ein fetter, schmieriger, schmerbäuchiger alter Mann in Trainingsanzug oder alten Militärklamotten hinter diesem Namen stecken, der seine Bude nie verließ und der eine perverse Freude an seiner Maskerade hatte. (Dass so eine Beschreibung meinem Zustand ähneln könnte, kam mir natürlich nicht in den Sinn.)

Das machte mich nervös. Überhaupt war ich in den letzten Tagen und Wochen nervöser geworden. Ich schrieb, dass meine Chefin nicht mehr mit mir redete – stimmt: Wir schrien uns an. Zwei Tage vor meiner blitzartigen Eingebung lieferten wir uns ein *shouting match* in meinem Büro. Ich hatte mich bei einer E-Mail-Adresse in der Zentrale der Organisation über die andauernden, inkompetenten Interventionen der Dame beschwert. Das bekam sie natürlich gesteckt. Wir brüllten uns eine Weile an; und es tat gut, muss ich sagen; meiner Karriere weniger. Spätestens von da an wusste ich, dass ich auf der Abschussliste stand. *Dead man walking*, flüsterten die Kollegen in der Kaffeeküche, wenn ich Wasser für meine Espressomaschine holen kam.

Es war August, es war wohl sehr heiß, denn die Klimaanlage in der Organisation, im Auto und zu Hause lief auf Hochtouren. Ich atmete nur noch gekühlte Luft, vermutlich von Bakterien verseucht, die sich auf den warmen, feuchten Schleimhäuten der Stirnhöhle breitmachten. Oft dröhnte mir der Kopf, und wenn ich zu schnell vom Tisch aufstand, schwindelte mir. Ich begann Mangelernährung zu befürchten, gestaltete meine *Genesis* jetzt häufig mit Rucola und frischen Tomaten. Dazu Vitaminpillen und Aspirin aus der Internetapotheke. Kaffee trank ich auch zu viel. Wobei »trinken« nicht das passende Wort ist, denn mein Espresso musste ultrakurz sein; wenig mehr als ein öliger Tropfen mit einem Schäumchen. Wenn er kein Herzklopfen verursachte, war er nicht gut.

Es fiel mir schwer, mich auf etwas zu konzentrieren. Meine Arbeitsweise in der Organisation glich der eines Schmetterlings. Taumelnd, jedem Windstoß ausgesetzt, flog ich von Blüte zu Blüte, für einen kurzen Touchdown. Von Artikeln las ich gerade mal die ersten paar Zeilen, dann musste ich weiterspringen; es ging nicht anders, ich hatte Sorge, etwas zu verpassen. Auch sonst ließ ich manches schleifen. Mein Auto brachte ich nicht zur überfälligen Inspektion, weil ich keine Lust auf die Märchen des Meisters hatte. Und einen Zahnarzttermin hatte ich ebenfalls verstreichen lassen. Jetzt spürte ich das, besonders wenn es in meinen Nebenhöhlen wieder pulste.

Die Photos in den Alben sah ich inzwischen in Farbe.

Der Übergang war schleichend gekommen, und es dauerte eine Weile bis ich es – ohne größere Verwunderung – realisierte. Die Welt ist ja farbig, nicht grau, sondern strohgelb, schwefelgelb, grasgrün, schlammgrau, feuerrot, rosenrot, nussbraun, himmelblau, eisblau... mein Gehirn übersetzte die Grauskala in die wahrscheinlichsten Farben für die jeweiligen Objekte, und das klappte recht gut. Nur die Augen der Personen blieben für mich grau. Es sah seltsam aus, aber ich gewöhnte mich daran.

Jeden Abend, nach Anflug in die Stellung, machte ich meinen Grabenrundgang. Die Männer, musste ich feststellen, ließen gelegentlich an der Achtung fehlen, die einem Offizier gebührt. *Ober*leutnant, korrigierte ich öfter, versuchte dabei jovial zu klingen und fühlte nach dem Ordensband an der Knopfleiste. Ich war ein guter Vorgesetzter. Ein sehr guter: Mein Abschnitt musste die einzige Stellung in siebenhundertfünfzig Kilometern Westfront sein, die ein Pizzadienst aus der Etappe belieferte. Ich glaube – aber da kann ich mich jetzt wirklich nicht genau erinnern –, einmal bestellte ich für die ganze Kompanie die bewährte *Genesis*. Oder warum musste ich am folgenden Morgen einen Stapel Pizzakartons, so hoch wie ich selbst, in die Mülltonne verfrachten?

Vielleicht hatte ich den Kontakt voreilig abgebrochen. Die Anmache-Theorie schien mir mittlerweile nicht mehr stichhaltig. Die letzte Mitteilung von WarGirl18 klang mir, rückblickend, nicht wie die einer professionell oder kommerziell an mir Interessierten, sondern eher – »betroffen«, um einmal diesen Sozialpädagogenausdruck zu benutzen.

Abgesehen davon wollte ich nach wie vor mehr über diesen Spiegelkasten wissen. Wenn der Onkel sich die Mühe gemacht hatte, diese verwischte Aufnahme in sein Album zu stecken, nahm ich an, hatte es wohl etwas zu bedeuten. Und außer WarGirl18 hatte ich keine Spur.

Nachdem ich kaum ein Photo von ihr/ihm anfordern konnte, blieb nur eine Lösung: Ich besorgte Studien zu »geschlechtsspezifischem Sprachgebrauch in schriftlicher Form« – unter anderen die wegweisende von Newman, Groom, Handelman und Pennebaker – aus dem Internet. Ein Haufen wissenschaftliches Papier für diese fünf Sätze, die ich mir auf einem Blatt Papier vorlegte:

(1) Was weißt Du über den Spiegelkasten?
(2) Das genügt nicht.
(3) Schön, dann gebe ich Dir dieses: Karamchand – was kannst Du damit anfangen?
(4) Das ist sehr schade.
(5) Aber wenn Du es Dir anders überlegen solltest, nimm doch bitte wieder Kontakt mit mir auf, ja?

Aus statistischer Sicht eine dürftige Grundlage. Ich probierte es trotzdem. Entlang der großen Linie, hieß es (gestützt auch durch *Argamon, Koppel, Fine und Shimoni, 2003*, und frühere Studien), weibliches Schreiben sei eher »involviert«, männliches eher »informativ«. Zum Wortreichtum als weibliches Kennzeichen gab es widersprüchliche Erkenntnisse. Immerhin schien es gesichert, zu behaupten, dass Männer mehr Wörter insgesamt einsetzten, Frauen aber längere Sätze bauten.

Ich sah mir an, was ich hatte, und fand es weder involviert noch informativ. Die Sätze waren mal kürzer, mal länger. Na gut, (5) hatte etwas »Involviertes« und sogar eine angehängte Frage. Und (4) drückte ein Gefühl aus: *Schade*. Sogar *sehr* schade (typisch für Frauen, laut *Mulac et al. 1990*). Aber das konnte auch ein vom dem Schreiber clever eingesetztes Stereotyp sein. Vor allem wenn ich das stahlharte (2) »Das genügt nicht« betrachtete. In einem aber stimmten all diese Wörterzähler überein: Frauen verwenden deutlich mehr Funktionswörter – vor allem Pronomen – als Männer.

Das schlug ich sicherheitshalber im Duden nach. Funktionswörter sind die kleinen Dinger, die Sprache effektiv, rhythmisch und geschmeidig machen, aber für sich allein keinen Sinn vermitteln: zum Beispiel Artikel, Konjunktionen, Hilfsverben und die Pronomen: *Ich du er sie mein dein mich dich ihr ihn dies das jenes.*

Die Studien sagten: Männer hauen lieber gleich die Hauptwörter hin, jedes Stück für sich stehende Bedeutung. Einsame Wölfe in der Wortsteppe. Aber wer viele Pronomen gebraucht, der denkt sich in eine gemeinschaftliche Wirklichkeit hinein. Wer schreibt: Er beißt ihn, setzt voraus, dass die anderen, die das lesen, »Er« und »ihn« kennen. Das ist so bei Frauen, jedenfalls mehr als bei Männern *(Pennebaker & King, 1999)*. Frauen schreiben: Ich liebe dich. Männer fragen: Wer wen?, weil die Hauptwörter in dieser Frage fehlen. Vielleicht kommen daher die vielkolportierten Missverständnisse in der Kommunikation zwischen Männern und Frauen; aber ich bin kein Experte, sondern nur ein Media Analyst.

Ich zählte sechs Pronomina in den paar Zeilen Text von WarGirl18. War das jetzt viel? Das hätte ich auch so geschrieben, mit Ausnahme vielleicht von Satz (5). So oder so:

Ich brauchte einen größeren »Corpus«, wie das hieß, mehr Daten, mehr Text. Dazu musste ich ihr wieder eine E-Mail schicken. *Ihr?* Ich begann zu summen *Ein Männlein oder Weiblein wünscht Papageno sich*. Dem konnte es egal sein, ob WarGirl18 Mann oder Frau war. Aber mein Enthusiasmus ließ schon wieder nach. Wie anfangen? Was schreiben? Ich vertagte die Sache und widmete mich wieder ganz meinen Kriegserlebnissen. Sollte sie – verdammt: WarGirl18 – sich doch melden.

Lieber noch als *Roter Baron* spielte ich *Westfront – Der schonungslose Grabenkampf*. Die Grafik war nicht besonders, aber ich hatte meine Albumbilder schon so verinnerlicht, dass mir das wenig ausmachte. Der Sound war auch nicht besonders, und das war tatsächlich ein Problem. Wenn es einen meiner Leute erwischte, tat es einen lächerlichen Quieklaut, rosarote Pixel blinkten auf, wie ausgestreute Himbeersaft-Eiswürfelchen – zum Glück ließ sich das abschalten. Ich hatte oft versucht, mir den Gefechtslärm vorzustellen, Trommelfeuer, riesige explodierende Granaten, MGs, Geschrei, Minen und alles. Irrsinnig laut. Presslufthammer einen Zentimeter vor dem Ohr. Wo bekam man die Geräusche des Ersten Weltkriegs, aus der Zeit lange vor Tonband und MP3? Im Internet natürlich. Doch das Zeug klang nach einem Mix von Schreibmaschine, Opas Wecker und Knallfrosch, schnell im Studio zusammengeschustert und überhaupt nicht bedrohlich.

Aber ich hatte Musik, wiederentdeckte Musik meiner Jugend. *Depeche Mode.* Die ließ ich jetzt in Endlosschleife aus den Lautsprechern donnern (nachdem ich das komplette

Repertoire der Band aus dem Internet geladen hatte). Sie schaffte, was purer Lärm nicht kann, sie wühlte mich auf, während ich Sturmangriffe abwehrte und feindliche Gräben auf Patrouille aufrollte. Die Bässe traten mir in den Bauch, bis es weh tat. Und in Fetzen zogen die Textzeilen vorbei, ich grölte mit, das war wohl mein Schlachtgebrüll.

Death is everywhere / Lambs are for the slaughter / Staring down the barrel of a gun…

Kein Wunder, wenn Soldaten völlig durchdrehen. Nach einer am Computer durchkämpften Nacht konnte ich das nachfühlen – so lange, bis die Schlaftabletten mich wegkickten.

Let me show you the world in my eyes / You can run but you cannot hide…

Die deutschen Feldärzte nannten es (den Zustand – ich bemerke eine zunehmende Neigung zum Pronominalstil) *in den Nerven erschüttert* oder Kriegsneurose. Bei Männern, die stunden- oder tagelang im Trommelfeuer waren, bemerkten englische Ärzte einen starren, weit entrückten Blick ins Nirgendwo, den sie *thousand yard stare* nannten.

Lieber einen Arm ab, als diese Diagnose zu bekommen, dachte ich mir, als ich über die Therapien las. Wobei das Anbrüllen *(Reißen Sie sich verdammt noch mal zusammen!)* und Beschimpfen als Feigling und Drückeberger zu den milderen Behandlungen gehörte. Es gibt Filmaufnahmen aus Militärlazaretten der Zeit, die mir Gänsehaut verschaffen: Ein hagerer, hohlwangiger Mann steht krampfend, schüttelnd, zitternd an allen Gliedmaßen da, als hätte er einen Presslufthammer verschluckt. Bullige Krankenwärter schnallen ihn auf eine Liege, dann tritt Herr Doktor aus der Kulisse und verabreicht Elektroschocks. Patient zuckt und ruckt. *Schnitt*. Patient steht auf und völlig still. (Fast schon rührend naiv, wie man damals mit dem noch neuen Medium Film log, fand ich.)

Man rammte den vor Angst und Schrecken Verstummten Sonden in den Kehlkopf, um die Sprache wiederzuerwecken. Man ließ sie exerzieren bis zum Umfallen. Man gestand Kriegsneurotikern keine Kriegsrente zu, weil sie ja nicht richtig erkrankt waren. Dazu noch ein wenig Rassenideologie und andere Vorurteile, etwas frisierte Statistik, und schon war wissenschaftlich fundiert, dass Rheinländer häufiger an Kriegsneurose erkrankten als Pommern, Städter öfter als Landbewohner, Juden eher als Christen. Und daheim, endlich den Folterknechten im weißen Kittel entronnen, lachten sich die Kinder kaputt, wenn sie einen »Kriegszitterer« auf der Straße sahen. Ich fand das empörend. Jeder Busfahrer, dem eine Oma in die Spur läuft, wird von Psychologenteams niedergekuschelt, aber Soldaten, die extremstem Stress ausgesetzt waren, durften im Wesentlichen selbst damit fertig werden. Dabei hielten sie den Kopf für uns hin.

Death is everywhere / The more I look, the more I see, the more I feel…

Auf dem Höhepunkt des Feldzuges erweiterte ich mein multimediales *Feel-o-Rama* um eine Sinnesdimension. Der Pulverdampf stammte von kleinen Feuerwerkskörpern, die ich in der Badewanne zündete, und Wunderkerzen. Für die andere Geruchskomponente, die mir wichtig und authentisch erschien, ließ ich argentinische Rindersteaks kommen. Ich wählte eine Mission, die relativ aktionsarm war. Zuerst musste die rückwärtige Artillerie sich einschießen; ich stand im vordersten Graben und schaute ins Niemandsland, wie der Onkel, als er das Photo Nummer 91 aufnahm: *Nach dem abgewehrten franz. Angriff am 9. 5. 15. – Gefallene Franzosen an der Straße maison blanche – Roclincourt.*

Es stank gewaltig, ekelhaft. Vier Tage hatte ich das Fleisch auf der Terrasse faulen lassen. Am liebsten hätte ich es sofort wieder hinausgeworfen, aber das wäre ja wohl eine Art unerlaubtes Entfernen vom Posten gewesen. Flach und flacher atmend, wartete ich Minute um Minute auf irgendeinen Fortschritt in dieser verdammten Spielmission, während meine Lieblingsband mein Lieblingslied spielte –

Words like violence / Break the silence /
Come crashing in / Into my little world ...

bis das Mailprogramm endlich *ping* machte.

Ich rannte mit der Schüssel Fleisch auf die Terrasse, schleuderte sie über die Brüstung in einen Nachbargarten, raste aufs Klo und erbrach mich ausgiebig. Dann schlich ich zurück an den Computer und stoppte die Mission. Sollte Oberst Helbling mich doch vors Kriegsgericht stellen.

Sie gab mir noch eine Chance. Natürlich *sie*. Wer sonst, Pronomina hin oder her, hätte geschrieben:

»Ich habe Dir genug Zeit gelassen. Da Du aber offenbar ein ziemlich kindischer Kopf bist, nehme ich unsere Angelegenheit jetzt in die Hand.«

Oho. *Unsere* Angelegenheit. Und die wäre?

»Ich besitze drei Briefe von ihm. Der letzte wurde an einem Ort mit dem Namen ›Prinz-Franz-Hütte‹ geschrieben, am Ostermontag 1917. Erzähl Du mir, was da passierte, und ich erzähle Dir vom Spiegelkasten, falls Dich das noch interessiert, okay?«

Das klang nach einem fairen Deal. Prinz-Franz-Hütte hatte ich schon einmal gehört: Dort ging der Onkel in Gefangenschaft, das stand in der Regimentsgeschichte. Zeit für eine versöhnliche, vertrauensbildende Geste. Würde sich schon zeigen, ob wir von derselben Person redeten, wenn wir von »ihm« sprachen.

»Ich besitze fünf Photoalben von ihm«, schrieb ich, »und ein Photo zeigt den Spiegelkasten. Man kann aber nicht viel erkennen. Wegen Prinz-Franz-Hütte lass mir etwas Zeit zu recherchieren.«

WarGirl18 schickte mir ein ☺. Ich errötete. Oder ich war bloß nicht mehr ganz so grün im Gesicht wie noch kurz zuvor.

Der belgische Kollege lief mir am nächsten Tag in der Kaffeeküche über den Weg und erzählte, dass er auf ein verlängertes Wochenende nach Hause fahren werde.

»Wo ist das genau?«, fragte ich, mit einer vagen Idee im Hinterkopf.

Der Kollege, Frissyn hieß er, schuldete mir einen Gefallen. Ich polierte regelmäßig seine Dossiers auf; da war es nicht zu viel verlangt, wenn er sich auf Heimaturlaub in sein Auto setzte und die fünfzig Kilometer über die Grenze nach Arras fuhr. Er sollte mein Auge sein. Zum Warum und Wieso hatte ich etwas über Familienforschung erzählt, Großvater, Armee, blabla. Das Satelliten-Navigationsgerät war über Nacht besorgt, ein simples und handliches Ding. Auf der Dachterrasse der Organisation bleute ich dem Belgier den Umgang damit ein. Es würde ausreichen, wenn er den Punkt auf zehn Meter genau träfe.

Denn dann hätte ich etwas Besonderes für WarGirl18: ein Photo von dem Punkt, an dem Ismar M. seine letzte Schlacht schlug, von dort, wo sich einmal Prinz-Franz-Hütte befand.

Als Kollege Frissyn in der Gegend eintraf, schickte er eine SMS, und ich rief ihn an. Den Mitschnitt des Gesprächs habe ich noch heute im Speicher meines Telefons.

»Na schön... bin jetzt da.«

»Und, wie sieht es aus?«

»Ein Feld, wie ein Feld.«

»Ja, wie genau?«

»Na, was weiß ich, Feld eben. Irgendwas, abgeerntet.«

»Was sieht man? An diesem Punkt? Sind Sie genau dort?«

»Ja nichts eben. Ich weiß nicht, was hier gewachsen ist. Bin doch kein Bauer.«

Ich sagte ihm entnervt, er solle ein Photo mit seinem Mobiltelefon machen, eins, auf dem das GPS zu sehen sei, damit ich nachprüfen könne, ob alles stimme mit den Koordinaten etc. (in Wahrheit, weil ich den Verdacht hatte, er stünde irgendwo anders, womöglich auf Papas Rasen). Das Photo (auch das habe ich noch in meinem Telefon gespeichert) zeigte ein GPS-Gerät in einer offenen Hand vor einem vorgewölbten Bauch, darunter unscharf die verschlammten Spitzen gelber Gummistiefel und den Erdboden in einem hellen Braun mit weißen Einsprengseln. Das musste wohl die aufgegrabene Kreide sein, das war plausibel. Die im Display angezeigten Koordinaten auch: 50° 20′ 02″.16 N, 2° 48′ 08″.24 O. Ich rief wieder an.

»Gehen Sie ein bisschen herum. Gehen Sie in die Knie. Wie sieht es dann aus? Sagt Ihnen der Ort denn gar nichts, ich meine, das war alles blutgetränkt, der Erdboden, auf dem Sie stehen.«

»Getränkt ist der Boden von Jauche, und zwar erst kürzlich. Hören Sie, wie lange soll ich hier herumstehen? Sind Sie sicher, dass das alles hier gewesen ist?«

»Natürlich! Zwanzig Meter neben Ihnen hämmerte ein Maschinengewehr, unter Ihnen war der Unterstand, fünf, sechs Meter tief eingegraben. Südlich die Materialbahn, ein paar Meter vor Ihnen die zweite Grabenlinie der ersten Stellung oder was davon übrig war, Granattrichter, zerfetzte Stacheldrahtverhaue – oh, der Akku – Moment – ich rufe Sie sofort wieder an, mein Handy geht gerade drauf.«

»Ja, ja.«

Von hier an reines Gedächtnisprotokoll. Er ließ es lange klingeln, bevor er ranging.

»Frissyn, Mann! Ein bisschen Phantasie! Sie sitzen seit achtundvierzig Stunden in dem Loch, das mit dem nächsten Volltreffer über Ihnen zusammenbrechen kann, und wenn Sie gelegentlich die Stufen hinaufsteigen, den Gasvorhang auf die Seite schieben, dann schlägt Ihnen eisiger Schneeregen ins Gesicht –«

»*Was?*«

»– und der Dreck, den die Granaten aufspritzen, oder Sie liegen draußen, in einem Sprengtrichter, sind völlig durchnässt, Sie frieren, haben höllischen Durst, lecken die Schneeflocken vom Lauf Ihres Gewehrs –«

»Sie sind wohl … ach was.«

Die Verbindung brach ab. Ich hoffte, es war ein Volltreffer.

Ich knallte den Hörer auf die Gabel. Und drehte mich

um, weil ich mich beobachtet fühlte. Richtig, da stand sie in der Tür, zufrieden grinsend.

»Verwendung des BÜROTELEFONS für PRIVATE, nichtamtliche Zwecke«, sagte meine Chefin.

Sie griff hinter sich und schob einen flachgefalteten Karton in den Raum und sagte:

»Three strikes and you're OUT, right?«

4

An einer heftig dampfenden und rauchenden Feldküche, wo sie einen Brei austeilten, der genauso aussah wie der Schlamm unter seinen Stiefeln und nur wenig besser roch, hatte Manneberg ihn gestellt. Den rechten Arm trug Rechenmacher in der Schlinge. Eine schwierige Verwundung durch Granatsplitter im Ellbogengelenk war der Grund seines bevorstehenden Abgangs von der Front, zumindest vorübergehend.

»Hast du etwas mit diesen Briefen zu tun?«

»Welche Briefe?«, fragte Rechenmacher und lächelte so, als könne er sich die Frage durchaus selbst beantworten.

»Mit den Briefen von diesem« – Manneberg schnaufte – »Fräulein Müller. Draußen in meinem Trichter habe ich nachgedacht, und mir fiel auf, dass du immer in der Nähe warst – als ich schrieb und als die erste Antwort kam, ziemlich spät.«

»Zufall«, sagte Rechenmacher. »Beschwer dich bei Fräulein Müller.«

Manneberg hob den Löffel. »Auf Offiziers-Ehrenwort, Kamerad!«

»Wenn du glaubst, dass das Ehrenwort eines Offiziers besser ist als das eines Gemeinen –«, sagte Rechenmacher und streckte die Hand aus.

»Ach«, rief Manneberg, »scher dich zum Teufel.«

»Jederzeit.«

Manneberg ließ sich noch einen Batzen von dem Brei in seinen Napf schaufeln, nicht aus Appetit, sondern um ein paar Sekunden zum Überlegen zu haben. Das war wohl ein wenig zu hart gewesen, dachte er. Aber als er sich wieder umwandte, um noch ein versöhnliches Wort zu sagen, war Rechenmacher weg, einfach verschwunden. Manneberg blieb allein mit dem Koch, bis der Bursche des Hauptmanns erschien und ihn zum Mitkommen aufforderte.

»Zur Stelle«, sagte Manneberg und legte die Hand an die Mütze. Er wunderte sich. Warum war er hier?

Der Bataillonsführer hatte ein Formular vor sich auf dem Tisch. Er rollte eine Füllfeder zwischen den Fingern. Seine Uniform war tadellos und sauber; das Kommando war ihm erst vor wenigen Tagen übertragen worden.

»Es geht um Ihre Personalien«, sagte er.

»Darf ich fragen, wozu, Herr Hauptmann?«

Der Bataillonschef seufzte und beugte sich über das Formular.

»Nun – ach, ich lese Ihnen das vor: ›Fortgesetzt laufen beim Kriegsministerium aus der Bevölkerung Klagen darüber ein, dass eine unverhältnismäßig große Anzahl wehrpflichtiger Angehöriger des israelitischen Glaubens vom Heeresdienst befreit sei oder sich vor diesem unter allen nur möglichen Vorwänden drücke.‹«

Das traf wie ein Knüppelhieb in die Kniekehlen. So war das also. Da hielten sie seit fast drei Jahren den Kopf hin für das Vaterland – das sollte das Kriegsministerium wohl am besten wissen –, und auf Geraune »aus der Bevölkerung« diffamierte man dort oben in Berlin eilfertig jüdische Soldaten, sobald sich die erste Gelegenheit dazu bot.

»Judenzählung«, sagte Manneberg bitter. »Man will uns zu Soldaten zweiter Klasse machen.«

»Nicht doch«, sagte der Hauptmann abwehrend, »dem Ministerium ist vom Reichstag aufgegeben festzustellen –«

»Ob wir es uns in der Etappe gutgehen lassen, während unsere christlichen Kameraden bluten? Das ist infam. Was meinen Sie, wie das in der Armee ankommt?«

»Es ist eine Formalie, und es wird sich sicher herausstellen –«

»– was sich herausstellen soll, Herr Hauptmann, mit Verlaub, etwas bleibt immer hängen«, rief Manneberg.

Diese Kränkung war ungeheuerlich. Und vor ihm saß einer, der den Feldzug als Nachschuboffizier bisher aus der Etappe betrachtet hatte. Wenn der Mann einen Funken Ehre und Kameradschaft besäße, er würde das Formular zerreißen, sich eine Ausrede einfallen lassen: *Nicht ermittelbar*, oder: *Papiere bei Verlegung der Schreibstube zerstört*. Umsonst, dachte Manneberg, es ist alles umsonst gewesen. Selbst wenn wir den Krieg gewinnen, was ich kaum noch glaube, dann habe ich ihn verloren. Den Sieg teilen sich die anderen. Sie haben mich mitspielen lassen, wie wir den dicken Dietrich haben mitspielen lassen. Und wenn der Krieg verlorengeht, zeigen sie mit dem Finger auf uns. Es beginnt schon.

Er sah an seiner zerschlissenen und oft geflickten Uniform hinunter; zum ersten Mal ganz ohne Stolz. Es war ja lächerlich: In den Tagen der Mobilmachung hatten viele noch gedacht, dass es nach Kriegsende vorbei sei mit dem Judenhass. *Weil das deutsche Volk überzeugt sei von der Treue der Juden zum Reich. Wegen ihrer ehrlichen Anteilnahme am Kriege.* Am liebsten hätte er gelacht und im Gehen die Tür hinter sich zugeknallt.

»Ich sehe, Sie tragen das EK I«, sagte der Bataillonsführer verbindlich und nahm die Kappe von der Füllfeder.

»Arras.« Ein ausgezeichneter Drückeberger, das war er.

»Arras«, wiederholte der andere. »Da geht es auch wieder hin, bald.«

Sie lagen in der alten Stellung, von Arras genauso weit entfernt wie damals, im Herbst 1914. Von Gründonnerstag an hatte sich das Feuer langsam, aber stetig gesteigert. Kurz vor halb sechs Uhr am Ostermontag 1917 wurde es für einige Sekunden, vielleicht sogar für eine Minute, ganz still. Aber es war nicht vorbei. Er spürte es förmlich: das ruhige, konzentrierte Ein- und Ausatmen der Front vor ihrer endgültigen, gewaltigen Anstrengung. Er stellte sich die Kanoniere vor, auf den Sekundenzeiger starrend, die Granaten in den noch warmen, knisternden Rohren; andere in Bereitschaft, die Geschosse in den Armen wiegend wie Kleinkinder; die Richtkanoniere, noch einmal die Schusstafeln prüfend.

Punkt 5.30 Uhr explodierte eine Sonne aus tausend Mündungsfeuern über dem Bogen des westlichen Horizonts.

Der Unterstand schwankte wie die Kajüte eines Fischerboots im Orkan. Auf der Treppe musste er sich nach beiden Seiten abstützen. Er schob den Gasvorhang zur Seite und nahm die letzten Stufen auf allen vieren. Eiskalter Wind schlug ihm graue Schneeflocken ins Gesicht. Die Erde sprang, bockte und schüttelte sich.

Vor drei Tagen hatte er den roten Dreidecker zuletzt über Arras gesehen. Seitdem gehörten der Himmel und das Schlachtfeld den anderen, die ihre feuerspeienden Drachen ganz nach Belieben spazieren führten. Der Bataillonsführer war ausgefallen; Manneberg führte das Kommando. Doch viel mehr als »Halten, so lange wie möglich« hatte er nicht befehlen können.

Nachdem die Feuerwalze über die Stellungen hinweggegangen war, spuckte die Erde Menschen aus. Sie kamen aus dem Boden, aus den Tunneln, in endlosen Reihen, schwärmten aus. Sie nahmen die erste Linie, sie nahmen die zweite, sie gingen langsam, beharrlich, unaufhaltsam auf die dritte zu.

Immer wieder wurde er ans Funkgerät gerufen. Dann musste er nach oben, die Lage erfassen. Der Gegner rückte auf drei Seiten näher. In absehbarer Zeit würde ihre Position überrannt sein. Munition wurde knapp. Vom Regiment war Verstärkung versprochen, doch er glaubte nicht mehr daran. Er glaubte an gar nichts mehr, aber sollte der Meldeläufer ruhig sein Glück probieren, der herumging und (vermutlich letzte) Briefe einsammelte; vielleicht würde er es entlang der Böschung der Materialbahn nach rückwärts schaffen. Unwahrscheinlich, denn jenseits der Böschung räucherten sie schon die Unterstände aus, das verrieten die pechschwarzen Rauchfahnen.

Das Schreiben war fast unmöglich; zu viele drängten sich in dem Unterstand. Er versuchte es dennoch, setzte immer wieder an, kam über die Anrede nicht hinaus, blieb hängen an der Entscheidung *Liebe* oder *Liebste,* wie in dem ersten Brief, den er nicht weit von diesem Ort geschrieben hatte, keine einhundert Meter entfernt, unter dem spöttischen Blick Rechenmachers, der auch schon lange nicht mehr da war.

Um 10.30 Uhr setzte er den letzten Funkspruch ab: »Oberleutnant Manneberg mit 25 Mann in Prinz-Franz-Hütte.« Ohne Verb. Es gab nichts zu tun. Sie waren einfach da, noch.

Die Batterie des Funkgeräts brach kurz danach zusammen, die von ihr gespeiste elektrische Glühbirne erlosch. Er beriet sich mit den anderen Offizieren und postierte zwei Mann an den Eingang zum Unterstand.

Es ging sehr schnell. Der Knall einiger Handgranaten, Geschrei, Schüsse. Eine Rauchbombe kollerte herunter, platzte im Mannschaftsraum und setzte die Holzverkleidung in Brand.

»Come out!«

»Wer rauskommt, wird erschossen«, schrie einer angsterfüllt und griff nach Gasmaske und Gewehr.

Manneberg drängte sich an allen vorbei, stürmte die Stufen hinauf, trat auf einen toten Mann und rief: *»We surrender, we surrender!«*

Er wurde abrupt durch die Mündung eines Gewehrs gestoppt, die sich in seinen Bauch bohrte. Der Schotte schien es sich eine Weile zu überlegen, dann senkte er den Lauf und wies mit dem Kinn nach rechts.

Manneberg nahm die Arme hoch. Dichter Rauch drang aus dem Unterstand. Jemand zog ihm die Pistole aus dem Holster, ein anderer befingerte erst die Schulterstücke, nahm ihm dann die vorgeknöpfte Taschenlampe weg, aber er merkte es kaum, denn er horchte.

Horchte auf die drei eisernen Bande um seine Brust, die doch jetzt brechen mussten. Aber das taten sie nicht.

Seine Kameraden standen vor den Schotten wie die Kinder vor Knecht Ruprecht; in Angst und banger Erwartung, aber voller Hoffnung, verzagt, wenn nicht gar idiotisch lächelnd. Manneberg konnte mit diesen Gesichtsausdrücken nichts anfangen. Über seine Augen legte sich ein Schleier. Er sah einen Oberleutnant der Reserve Ismar Manneberg, der keine Freude über das Ende empfand.

Die Seelenblindheit, dachte er, ich bin seelenblind geworden.

Vier

I

Ich bestätigte auf einem Formular, dass ich alle privaten Daten auf meinem Dienstcomputer gelöscht hatte. Den freundlicherweise angebotenen Karton ließ ich stehen, denn es gab nichts mitzunehmen. Die Espressomaschine stellte ich dem Belgier ins Büro. Dann nahm ich den Lift in die Tiefgarage, wollte das Auto anlassen, aber es sprang nicht an. Hätte es wohl doch zur Inspektion bringen sollen.

Ich zog den Strick, der das Rolltor öffnete. Oben blockierte der Hausmeister, mit einem Besenstiel fuchtelnd, meinen Weg. Ob ich nicht lesen könne? *Begehen der Rampe verboten*. Dann streckte er die Hand aus. Ich begriff nicht, was er wollte. Du mir geben Garage Chip, sagte er.

Willkommen in der wirklichen Welt. Und mein Begrüßungskomitee war ein graubekittelter Hausmeister.

Erstmals seit langem stand ich wieder draußen, in Luft, Regen, Wind und Düften. Es hatte kurz zuvor ein kleines Gewitter gegeben, die letzten warmen Tropfen fielen. Der dampfende Asphalt erzeugte einen Geruch, der mich an den Ort erinnerte, an dem ich geboren wurde. Es war heiß dort, und nach Sommerregen badeten wir Kinder nackt in den Straßenpfützen. Wenn das meine Chefin wüsste; Exchefin. Keine Ahnung, was ich von jetzt an tun würde. Der Hinauswurf war dann doch etwas plötzlich gekommen. Ich steckte erst einmal die Stöpsel in die Ohren und summte mit.

*Oh God, it's raining / But I'm not complaining /
I haven't felt so alive in years…*

Gegenüber der Organisation lag ein Park. Den hatte ich vom Bürofenster oft genug gesehen und mit dem Auto oft genug umrundet. Eigentlich müsste ich, wenn ich diesen Park durchquere, mein Viertel und meine Wohnung erreichen können. Na gut, sagte ich mir: Auf Patrouille! Ich lief los, die Deckung dicker Baumstämme suchend. Von ominösen Gebüschen hielt ich Abstand.

Nach ein paar Tagen schon lebte ich wieder mein altes Leben mit Pizza *Genesis*. Die guten Vorsätze – gesunde Ernährung, Spaziergänge oder gar Sport, Kultur, neuen Job suchen, alte Freundschaften wiederbeleben, solche Dinge – hatten gerade mal so lange gehalten, wie ich brauchte, um den Park zu queren. Von Heckenschützen abgeschossen, sozusagen. Ich war froh, wenn die Tür hinter mir zufiel und der Computer summte. Geld hatte ich genug, um eine Weile weiterzumachen wie bisher. Den Bart nahm ich allerdings ab, und das Rasieren meines Schädels stellte ich auch ein.

Ein Photo von Prinz-Franz-Hütte konnte ich WarGirl18 nach der Pleite mit dem Belgier nicht schicken. Eine Weile erwog ich die Möglichkeit, nach Arras zu fahren – trotz allem. Aber ich konnte mich doch nicht entschließen. Die schon aufgezählten Umstände hielten mich ab, dann die Tatsache, dass ich meine Kamera lange vorher verschenkt hatte, an meinen letzten Freund, der damit verschwand. Nichts Unüberwindliches, aber genügend problematisch für einen trägen Menschen wie mich, der sich dort draußen einfach nicht mehr wohl fühlte.

Die Umstände, unter denen der Onkel in Gefangenschaft geriet, hatte ich schnell recherchiert. Nach dem Tagebuch des Regimentskommandeurs, der ebenfalls am Ostermontag gefangen genommen wurde, dauerte der Transport in das Gefangenenlager neun Tage. Man lud ihnen, nachdem sie aus den Löchern gekommen waren, Verwundete auf, führte sie vorbei an den Gefallenen, an der in drei Reihen gestaffelten Artillerie zum ersten Sammelpunkt, wo es Tee und Kekse gab, zumindest für die Offiziere. Die Regimentsgeschichte machte aus der Niederlage einen Triumph: »Erhobenen Hauptes ziehen die Helden über das Schlachtfeld, ziehen durch das Leichenfeld am Münchner Weg; nicht bloß in, auch vor der alten Stellung liegen die Gefällten; als Kronzeugen bestätigen sie den Erfolg, der bisher nur angenommen werden konnte.«

Über mehrere Stationen wurden die Gefangenen an die Küste gebracht und eingeschifft. Man behandelte sie den Umständen entsprechend gut, nur unter Nässe und Kälte hatten sie zu leiden. Englische Offiziere nahmen sie sogar gegen Beschimpfungen der französischen Zivilbevölkerung in Schutz. In Southampton vermerkte der Regimentskommandeur befriedigt ein sauberes, weißes Bett und im weiteren Transport eine Bahnfahrt erster Klasse bis zur Stadt York, in deren Umgebung sich das Lager befand. Immerhin, der Standesdünkel war intakt geblieben.

Das Internationale Rote Kreuz in Genf schickte mir auf meine Anfrage eine Listenabschrift, portofrei als *Service de Prisonniers de Guerre:*

Ismar Manneberg, geboren am: 17-09-1883; in: Loslau/ Schlesien; Rang: Oberleutnant; Einheit: 2. bay. Res. Inf. Rgt. 9. Komp.; Dienstnummer 96276; Datum und Ort der Gefangennahme: 09-04-1917 bei Arras; Ort der Internierung: Kriegsgefangener in britischer Hand, Cdt. 438, Colsterdale, Masham, Yorkshire.

Es war ein Lager nur für Offiziere. Der ehemalige Regimentskommandeur beschreibt das Gerangel um die Einzelzimmer, bunte Abende, Vorträge, Liederabende, Feiern zum Geburtstag des Königs, gelegentliche Fluchtversuche, die von den Bewachern sportlich genommen wurden. Alles in allem schien es eine komfortable Art zu sein, das Ende des Krieges abzuwarten. Man trug die gewohnte Uniform und pflegte den Korpsgeist. Von dem Camp war auf Google Earth nichts mit Sicherheit zu erkennen. Es war offenbar bereits in den zwanziger Jahren verfallen. Ich machte einen *screen shot* und speicherte die Koordinaten zu dem Dossier, das ich für WarGirl18 vorbereitete.

Einige Dokumente ließ ich in Kopie aus dem Münchner Kriegsarchiv kommen. Die bayerische Armee muss nebenher noch einen Papierkrieg gekämpft haben, der zu diesem gigantischen Aktenfriedhof geführt hatte. Die gesamte militärische Karriere meines Onkels ruhte dort, fein säuberlich eingelegt zwischen zwei Aktendeckel. Er war längst in England, als das inzwischen in Flandern stehende Regiment die Angelegenheit aufzuarbeiten begann.

K. Bayr. Res. Inf. Regt. Nr. 2, Regt. St., 26. 1. 1918
Betreff:
Gefangennahme des Oblt. d. R. Ismar Manneberg
Gutachten des Regiments-Kommandeurs:

Oblt. Manneberg hat sich mit seinen wenigen Leuten in Prinz-Franz-Hütte, obwohl bereits abgeschnitten, noch stundenlang verteidigt. Ich zweifle nicht, dass er sein Äusserstes getan hat, um sich vor Gefangenschaft zu bewahren. Eine Schuld an seiner Gefangenschaft ist ihm meiner Ansicht nach nicht beizumessen.

Er hatte sich doch tatsächlich für seine Gefangennahme zu rechtfertigen, nachdem er kurze Zeit als vermisst gegolten hatte: *Gefährdung der Kriegsmacht im Felde* lautete die beiläufige Unterstellung. Dem Akt lag eine mehrseitige Erklärung bei, in der Onkel Ismar – einige Zeit nach Entlassung aus Gefangenschaft – das Geschehen vom Ostermontag 1917 darlegte.

Über seinen Freund Rechenmacher fand ich im Archiv wenig. Offenbar (dazu passte eine Fußnote der Regimentsgeschichte) war er an der Somme verwundet worden und nach Genesung als Kriegsgerichtsrat bei einem Brigadekommando in der Heimat (ohne nähere Angaben) eingesetzt. Auch diese Unterlagen tat ich zu dem elektronischen Dossier, das bereits die Google-Earth-Daten mit Photos und Karten und Koordinaten enthielt. Mit diesem Satz an Informationen konnte sie sich ein genaues Bild von der Stellung bei Arras machen; und nicht nur davon: Sogar eine Seite aus Ismars handschriftlich kommentierter Shakespeare-Ausgabe, die ich unter meinen Büchern gefunden hatte, fügte ich als Scan dazu, ebenso eine Auswahl von Mannebergs Photos. Ich war ihr sehr weit entgegengekommen, fand ich und überlegte, welche Zugeständnisse ich ihr jetzt abverlangen konnte. Offenbar ließ ich mir mit allem etwas zu viel Zeit, denn es traf eine ungeduldig klingende Mail ein:

»Nachdem Du vermutlich Zweifel an meiner leibhaftigen Existenz hast, schlage ich ein Treffen vor. Ich werde die Briefe dabeihaben. Bring Du bitte auf jeden Fall das Photo von dem Spiegelkasten mit.«

Sie beschrieb ein bekanntes Lokal in der Altstadt und schlug Tag und Uhrzeit vor. So, als wüsste sie, wo ich wohnte. Aber woher? Mein Profil in dem Internetforum enthielt keine solchen Angaben, und meine Mail leitete ich grundsätzlich über einen Anonymisierungsserver. Sie hätte schon ein ganz ausgekochter Spezialist sein müssen, um meinen Wohnort auch nur annäherungsweise herauszubringen.

Drei Tage hatte ich bis Stunde null. Alle fünf Minuten änderte ich meine Meinung, bis ich mir irgendwann sagte: Schluss jetzt.

»Ich werde zur genannten Zeit zur Stelle sein.
Oblt. d. Res. Ismar Manneberg, stellv. Bataillonskommandeur III/k. b. Res. Inf. Rgt. 2.«

Die militärische Formel fand ich irgendwie witzig; außerdem nahm ich mich dadurch ein wenig in die Pflicht. Damit ich nicht kurz vor Schluss noch von der Fahne ginge.

2

Seelenblind war wohl doch der richtige Ausdruck. Manneberg sah alles, tat, was zu tun war, er aß, er schlief; er spielte Karten, wenn die anderen Herren einen vierten Mann brauchten; er schrieb die Petitionen auf Englisch, wenn die Herren Offiziere sich über verspätete Post- und Zeitungszustellung oder mangelhafte Verpflegung beklagten; er schlichtete und vermittelte, wenn die Herren sich um die wenigen Einzelzimmer balgten.

An Weihnachten sang er alle Lieder mit, aber er hatte keine Tränen der Rührung in den Augen, so wie die anderen alle, die mit schweißnassen Händen ihre Päckchen von daheim umklammert hielten.

Manneberg sprach nicht, außer er wurde gefragt oder er handelte in einem bestimmten Auftrag. Dann stellte sich der wahre Manneberg neben den handelnden und sah und hörte ihm genau zu, um, falls notwendig, korrigierend eingreifen zu können. Oft, wenn er vor dem Schlafengehen die Uniform auf den Bügel hängte und die leeren Ärmel und Hosenbeine betrachtete, dachte er an Karamchand. Manchmal fühlte er sich wie vom Kopf abwärts amputiert, als besäße er nur noch einen Phantomleib. Seine Beine trugen ihn wohl, aber er spürte sie kaum. Er streckte die Hand zum Grüßen aus, aber er fühlte die des anderen nicht. Ein Apfel schmeckte nicht wie ein Apfel, und die Musik aus dem Grammophon klang dumpf und wie in falscher Geschwindigkeit abgespielt.

Gelegentlich, wenn er das Kasino betrat, sah er sich am Tisch sitzen, bei einer Partie Schach oder beim Tarock. Dann konnte er lange darüber grübeln, ob nun er selbst oder diese Welt unwirklich wäre. Jedenfalls passte das eine nicht zum anderen. Je gewohnter die paar Menschen, Orte und Wege wurden – er befand sich in einem umzäunten Rechteck von sechshundert auf achthundert Meter –, desto fremder und unwirklicher erschienen sie, und nicht, wie man erwarten sollte, vertrauter. Sooft er konnte, saß er auf einer Bank und schaute über den Stacheldraht und die flachen Hügel jenseits des Talgrundes. Wolkenreiche Tage fand er am schönsten, denn keine Wolke gleicht der anderen. Beim Anblick von Wolken setzte die Gewöhnung nicht ein, und in diesen Momenten fühlte er sich etwas weniger fremd mit sich und der Welt um sich herum.

Anfangs hatte er oft den Brief von Fräulein Müller hervorgezogen und betrachtet; bis sich auch diese vertraute Schrift und die vertrauten Worte in Fremdheit verkehrt hatten und er das Papier nur noch verwundert zwischen den Fingern drehen konnte, als ob es aus einer anderen, entfernten, untergegangenen Welt stammte, mit der er keine Verbindung mehr hatte.

Die Herren Offiziere jubelten, als sie von den Frühjahrsoffensiven der deutschen Armeen erfuhren, und grämten sich, als sie von deren Scheitern lasen. Manneberg war es egal. Am elften November 1918 rief der Lagerkommandant die Gefangenen auf dem Appellplatz zusammen und verkündete den Waffenstillstand an der Westfront. »Unbesiegt«, tuschelten die Herren Offiziere erregt, »unbesiegt im Feld!« Der Kaiser sei nach Holland geflohen, in Deutschland sei Revolution, sagte der Kommandant, von der Küste bis an die Alpen. Er zählte ein paar Städte auf, Manneberg verstand nicht recht; konnte sein, dass München dabei gewesen war. Aber bevor ein Friedensvertrag unterzeichnet sei, sagte der Kommandant, werde wohl niemand entlassen. Und danach müsse man sehen.

An Weihnachten sang er wieder alle Lieder mit, aber tonlos, er bewegte nur die Lippen.

Manneberg arbeitete den gesamten Shakespeare in einer dreibändigen Dünndruckausgabe durch, um seine Sprachkenntnis zu verbessern. Manche der Herren schnitzten aus Langeweile Schachfiguren aus Bimsstein; er übersetzte Passagen, so lange, bis er die Übertragung für perfekt hielt.

Life's but a walking shadow, a poor player, that struts and frets his hour upon the stage, and then is heard no more; it is a tale told by an idiot, full of sound and fury, signifying nothing.

Das Leben:

ist nur ein wandelnder Schatten, ein mieser Schauspieler, der sich für seine Stunde auf der Bühne spreizt und ziert – und das war's;

es ist eine Geschichte, von einem Idioten erzählt, voller Gedöns und Besessenheit, ganz ohne Bedeutung.

Seine Geschichte eigentlich, die von einem Idioten handelte, der sich eine Offiziersuniform schneidern ließ, weil er Anerkennung wollte, der fast drei Jahre Menschen beim Sterben zusah und zum Tod verhalf, dessen Krieg in einem

Acker vor Arras eigentlich begonnen und dort geendet hatte, der gezählt worden war wie ein Stück Vieh, gefangen und doppelt eingesperrt wurde: in einem Lager und in sich selbst.

Eines Abends, die Amseln saßen schon singend auf den Dachfirsten, bestellte der Kommandant Manneberg ein. Er habe ihn auf die Liste der Offiziere setzen lassen, die aus gesundheitlichen Gründen vorzeitig entlassen werden könnten. Ich bin ganz gesund, ich bleibe selbstverständlich bei den anderen, sagte Manneberg, aber der Kommandant sah ihn mitleidig an und erwiderte, zu spät, die Liste sei fertig, und außerdem habe er Mannebergs *thousand yard stare* beim Wolkenschauen bemerkt.

»Drückeberger«, zischelten die Herren Offiziere, »stellt sich mit uns unter den Weihnachtsbaum und fährt jetzt per Sonderfahrkarte nach Hause.«

Im Durchgangslager von Emden an der Emsmündung erhielt er sechshundertundeine Mark an entgangener Offiziersgage ausbezahlt. Lange saß er auf dem Bahnsteig, seinen alten Seesack als Unterlage. Wohin? Nicht nach Schlesien, wo er herkam, was sollte er noch dort. Also nach München, beim Regiment die Entlassungspapiere abholen. Und etwas überprüfen: wer in der Goethestraße Nummer neun wohnte.

Der Freikorps-Offizier trug die weißblaue Armbinde und einen Stahlhelm, seitlich darauf ein mit Kreide hingestricheltes Hakenkreuz. Manneberg sah durch die offene Tür des Abteils das Dachauer Schloss über der Stadt und eine Menge Soldaten und Geschütze auf dem Bahnhofsvorplatz, und immer wieder dieses Zeichen, das ihm nur wenig sagte. Der Offizier ging Mannebergs Dokumente durch.

»Wollen Sie sich uns anschließen? Das rote Pack ausräuchern?«

»Nein. Ich komme aus Gefangenschaft.«

Das hatte bisher immer funktioniert. Man erwies einem Mann Respekt, der über das Kriegsende hinaus für das Vaterland gelitten hatte.

»Dann geben Sie acht auf sich, Herr Oberleutnant. Die Münchner Zustände werden nicht von Dauer sein.«

Auf Höhe der Hackerbrücke stoppte der Zug. Manneberg hörte Maschinengewehre und Handgranaten vom Hauptbahnhof. Er wartete einige Minuten und schlich sich seitwärts über die Schienen weg, bis an die Augustiner-Brauerei, wo er den süßlichen Duft, der in der Luft lag, zu identifizieren versuchte: Konnte das von der Mälzerei stammen? Er schnupperte noch, als ein Trupp Bewaffneter aus dem Tor marschierte. Sie rollten ein – dem Geräusch nach – volles Bierfass vor sich her und hätten ihn fast umgestoßen.

»Dünnbier«, sagte der, der eine Pistole umgeschnallt hatte, als ob das etwas erklären würde. Die anderen legten auf Manneberg an, ließen die Gewehre sinken, sobald sie sahen, dass er keine Waffe trug. Er zeigte seine Papiere. Und sagte seinen Spruch auf: »Ich komme aus Gefangenschaft.«

Der mit der Pistole, wohl der Anführer des Trupps, musterte Manneberg nicht unfreundlich.

»Kamerad, komm zu uns. Wir können jeden fähigen Mann gebrauchen. Die Weißen stehen in Dachau, und da« – er wies mit dem Kinn Richtung Bahnhof, von wo es ab und zu knallte – »erledigen wir die Reste der sogenannten Republikanischen Schutztruppe.«

»Und wer seid ihr?«, fragte Manneberg.

»Die Rote Garde«, sagte der Anführer. »Grüß Gott in der anarchistisch-sozialistischen Räterepublik Baiern. Baiern mit a-i.«

»Das war so, bis vor zwei Stunden«, sagte einer von dem Trupp, »jetzt sind die Kommunisten am Ruder.«

»Und Bayern wieder mit a-ypsylon?«, fragte ein anderer.

»Wurscht, jedenfalls ohne König, Burschwasie und Großkopferte«, sagte der Anführer zu Manneberg. Dann rollten sie ihr Fass weiter: »Platz da, Platz für Volkseigentum!«

»Wenn's so ist, lass uns mitsaufen!«, brüllte jemand.

Er stellte sich in die Mitte der Straße und trieb in der Menge neugieriger Menschen mit, die von der Rückeroberung des Bahnhofs gehört hatten und die siegreichen Roten sehen wollten. Überall war Wort, in Schrift und Stimme; Männer, die sich zu spontanen Reden aufschwangen, Zwischenrufer, Debattierer, Nörgler, Verbreiter von Gerüchten und Propaganda, Soldatenräte mit Flüstertüten, die von Militärautos herunterschrien. An Mauern, Säulen, Laternenmasten klebten Plakate, Flugblätter und Zettel, zerfetzte und verwitterte, noch von frischem Leim feuchte, mit fetten schwarzen Buchstaben und Ausrufezeichen: Proklamationen, Anordnungen, Beschlagnahmen von Wohnungen, Aufrufe zu Versammlungen, zu Streiks, zur Ablieferung von Waffen, zum Eintritt in die Rote Armee, zur Einigkeit des Proletariats. Er konnte das weder ordnen noch verstehen; zu viel drängte auf ihn ein, ohne durchzudringen, zu verwirrend schien ihm die Lage und zu gleichgültig die Frage, wer gegenwärtig die Stadt beherrschte, wenn das am Abend schon wieder anders sein konnte. Nur ein Plakat sah er genauer an: Der Verein Jüdischer Staatsbürger verwahrte sich gegen kursierende Unterstellungen, die Juden seien die eigentlichen Drahtzieher und – über steigende Preise – die Profiteure der revolutionären Umtriebe.

Nichts hat sich geändert, dachte er, aber auch diese Feststellung berührte ihn kaum. Am Seitenflügel der Bahnhofshalle löste er sich aus dem Strom. Gegenüber mündete die Goethestraße. Jetzt sofort? dachte er. Aber gut, dann weiß ich, was ich wissen muss.

Der Bäcker von Nummer drei hatte einen Zettel im Fenster: *Wegen ausbleibender Mehllieferung bis auf weiteres kein Brot.* Manneberg ging weiter. Nummer fünf, ein Wohnhaus, eher schäbig. Vor Nummer sieben saß ein Schuster, nagelte eine Sohle und prüfte Mannebergs Schuhwerk mit einem Seitenblick. Aber der bemerkte das nicht, denn anstatt der Nummer neun war da bloß eine Lücke in der Reihe, eine steinige Fläche, bedeckt von Ziegelschutt und Abfällen.

Manneberg ging rückwärts zur Straßenmitte, um Überblick zu bekommen; ein Lastwagen voller Revolutionäre warf sich toll hupend in eine schlingernde Ausweichbewegung. Es stimmte: Links die Drei, die Fünf und die Sieben. Keine Neun, dann die Elf, die Dreizehn und so weiter.

»Dieses Haus hier«, sagte er und zeigte auf die Lücke, »die Neun, ist es kürzlich abgerissen worden?«

»Lang her«, sagte der Schuster und nahm einen Nagel aus dem Mundwinkel.

»Wie lange?« Die Fläche war noch kaum überwachsen.

»Vor dem Krieg.«

»Das kann nicht sein«, sagte Manneberg, »ich habe doch –«

Der Schuster gönnte ihm einen mitleidigen Blick: Wieder

einer, dem der Krieg gar nicht gutgetan hatte, so im Kopf. Wenigstens zappelte dieser nicht mit Armen und Beinen. Er sagte: »Ich werd's wohl wissen, oder?«

»Wer hat hier gewohnt?«, fragte Manneberg, obwohl das nun eigentlich egal sein konnte. Der Schuster seufzte.

»O mei. Der Huber, der Mayer, der Müller, der Schmidt. Wer halt gewohnt hat in der Goethestraße neun. Bloß der Goethe nicht. Wie schaut's aus mit den Sohlen?«

Aber Manneberg war schon weitergegangen, über den Bahnhofsplatz, wo die Roten um Maschinengewehre herumstanden, Zigaretten rauchten und auf etwas zu warten schienen, vielleicht den Angriff der Weißen. An einer Straßenecke lag ein Pferd, stümperhaft zerlegt und ausgeweidet, mit abgeschabten Knochen. Männer und Frauen trugen die letzten Fetzen Fleisch in verzinkten Blecheimern weg.

Plötzlich stand er in einem leise raschelnden Regen von Flugblättern. Irgendwo oben brummte ein Flieger. Ich habe einen Brief ins Ungefähr geschrieben und eine Antwort aus dem Nichts erhalten, dachte er, so weit erscheint das folgerichtig. Es war, wie ich vermutet habe, ein Spaß, den sich der Rechenmacher auf meine Kosten erlaubte, von dem er in lustiger Runde vielleicht noch gern erzählt. Wo er auch sein mag. Und es sei ihm vergönnt. Der hat sich durch den Krieg gelacht, es hat ihm gutgetan.

Eins der Flugblätter hatte sich über seine Schulter gelegt. *In München rast der russische Terror, entfesselt von landfremden Elementen,* las er. Es war ein Aufruf zum Sturz der Räterepublik. Das Württemberger Freikorps sei bereits zur Stelle. Das mussten die sein, die er westlich von München, in Dachau, gesehen hatte. *Erhebt Euch wie ein Mann.*

Wenn noch Freikorps aus dem Oberland, dem bayerischen Wald und Reichstruppen dazukämen, dann wäre die Stadt bald eingeschlossen. *Die weißblaue Binde am Arm sei Euer Erkennungszeichen.* Nein, dachte Manneberg, das will ich nicht mitmachen, wenn ohnehin schon wieder alle glauben, dass die Juden schuld sind.

Heute war Palmsonntag. Bis Ostern konnte er wohl noch aushalten, bis dahin müssten seine Regimentsangelegenheiten zu erledigen sein, alle Unwägbarkeiten im revolutionären Chaos eingerechnet. Jetzt brauchte er nur noch eine Bleibe. Am besten eine, für die er sich nicht bei der Fremdenpolizei melden musste.

Die Treppenstufen knarzten noch immer an denselben Stellen.

»Mein lieber, lieber Doktor Manneberg! Gott sei's gedankt«, sagte die Frau und zog ihn ohne Umstände in die Wohnung. »Endlich ein Mann im Haus, in diesen fürchterlichen Zeiten. Aber legen Sie um Gottes willen die Uniform ab!«

Er hatte hier gewohnt, Adalbertstraße vierundfünfzig, Hinterhaus, zweiter Stock rechts, als Student, als Referendar, während der Offizierslehrgänge. Seine Vermieterin, die Witwe Rubenbauer, brühte erst einen Tee aus Vorkriegsbeständen auf und legte ihm dann den Anzug eines ihrer möblierten Herren heraus, der im Krieg geblieben war.

Zum ersten Mal seit fast fünf Jahren trug Manneberg zivil, und das nicht unelegant. Er stand lange vor dem Spiegel, einem großen Spiegel, in dem er sich in ganzer Größe betrachten konnte. Bis ihn die Witwe Rubenbauer geradezu zu Tisch zerren musste. Es gab Konserven, die er mitgebracht hatte, und Eingemachtes aus Vorkriegsbeständen. Wie sie das pries: Aus *Vorkriegsbeständen*! Es schmeckte fad und abgestanden, aber es kam aus einer goldenen Epoche. Als der Prinzregent noch alle Tage im Englischen Garten spazieren ging und die Lümmel, die sich jetzt Arbeiter- und Soldatenräte nannten, noch ordentlich den Hut vor einer Dame lüpften.

Zwei Tage dauerte es, bis Manneberg die Abwicklungsstelle seines Regiments in einer Schreibstube der Türkenkaserne gefunden hatte. Man forderte einen ausführlichen Bericht von den Umständen seiner Gefangennahme, andernfalls man ihm nicht den Entlassungsschein ausstellen könne. Er schrieb den Bericht am Esstisch der Witwe Rubenbauer. So, als erzählte er die Geschichte eines fremden Mannes, obwohl er sich der ersten Person bediente.

Das werde man jetzt prüfen, sagte der Militärbeamte tags darauf, aber das sei wohl nur eine Formalität, zumal der Bericht des Kommandeurs bereits vorliege. Hier, dabei wies er um sich herum, auf seine Formulare und Stempel, das Bildnis des Königs an der Wand, funktioniere ja noch alles, und es werde auch den roten Spuk überdauern.

Gegen Ende der Karwoche ging er zum Bahnhof. Der letzte Zug, sagte man ihm, habe die Stadt tags zuvor verlassen. Für Reisen, egal mit welchem Verkehrsmittel, und sei es zu Fuß, brauche man jetzt einen allgemeinen Reise- und Passierschein, der werde ausgestellt von den Betriebsräten der organisierten Arbeiterschaft. Wer ohne angetroffen werde, riskiere, erschossen zu werden. Man könne ja ein Spion der Reaktion sein.

»Und wenn man kein organisierter Arbeiter ist?«, fragte Manneberg.

»Dann bleiben S' daheim oder gehen zur Räteregierung, was weiß denn ich«, sagte der Posten, »ändert sich doch eh alles stündlich.«

Die Räteregierung logierte seit neuestem im Armeemuseum am östlichen Ende des Hofgartens. Proletarier und Münchner Bürger spazierten jetzt durch die königlichen Anlagen und schnupperten an den Vorfrühlingsblüten. In der riesigen Eingangshalle waren acht Tische aufgestellt; einige dienten einer improvisierten Musterungskommission der Roten Armee. Ein Arzt im weißen Kittel inspizierte eilig junge Männer, stempelte einen Zettel und schickte sie damit weiter. Hinter den anderen Tischen nahmen Ratsbeauftragte die Beschwerden und Anliegen der Bevölkerung entgegen.

»Ich brauche einen Reiseschein«, sagte Manneberg, nachdem er eineinhalb Stunden hatte warten müssen.

»Sind Sie Arbeiter?«, fragte der Ratsbeauftragte und fügte, mit Blick auf den Anzug Mannebergs, an: »Wohl nicht. Haben Sie dann einen Bürgen?«

»Den hat er«, sagte jemand und trat aus dem Hintergrund näher, »mich.« Manneberg nahm die ausgestreckte Hand wahr, aber etwas stimmte nicht.

»Hat dann doch Komplikationen gegeben mit dem verdammten Granatsplitter«, sagte der Mann.

»Rechenmacher. Was machst du hier?«, fragte Manneberg. Er musste dauernd auf den leeren Ärmel schauen. Das passte nicht zu Rechenmacher. Was passte, war dessen gute Laune.

»Das Lustige ist, dass ich den Arm durchaus noch spüre. Und die Hand schön warm in der Hosentasche. Wie als der Splitter einschlug«, sagte er und zog Manneberg auf die Seite. »Was ich mache? Mann mit Phantomarm hilft Phantomregierung aus, die bereits an allen vier Gliedmaßen amputiert ist. Können nicht weglaufen, können nicht kämpfen. Einzig das Mundwerk funktioniert noch.«

Ein Automobil hielt hupend vor dem Eingang, und ein Pulk debattierender Männer, flankiert von Bewaffneten, rauschte herein, die Treppe nach oben. Rechenmacher holte seine Brieftasche aus der Jacke, stellte sie aufgeklappt aufs Wandsims und zog ein kleines Kuvert heraus.

»Das hatte ich dir immer geben wollen, falls ich dich noch einmal sehen sollte«, sagte er. »Mach dich fort, sobald du kannst.«

Manneberg wollte etwas sagen, aber Rechenmacher war schon einen Schritt fortgegangen, hielt an und sagte:

»Weißt du, ein einflügliger Schutzengel wie ich fliegt nur noch im Kreis, das muss jetzt ein anderer übernehmen. Aber mach dir keine Sorgen.«

Dann lief er weg, dem Pulk nach. Er drehte sich nicht um, nur der leere Ärmel flatterte und winkte Manneberg zu.

Draußen, auf einer Bank im Hofgarten, nahm er die Photographie aus der durchscheinenden Hülle. Es war ihm, als hörte er wieder das Fauchen der Leuchtkugel über sich. Da lag er, weißgesichtig mit schwarzen Schlagschatten unter den Augenbrauen, mit staunend geöffnetem Mund, auf die Ellbogen gestemmt, bäuchlings im Dreck an der Somme, ein Mann, der eine Kugel erwartete, stattdessen ein leises

Ritsch hörte. Und das Negativ?, wollte er rufen, dann fiel es ihm ein. Natürlich, seine Photos! Die lagen bei dem Atelier in der Schellingstraße.

Der Photograph gab ihm einen kleinen Stapel Photos und einige hundert Negative, in Tüten verpackt. Sie hätten anfangs Abzüge gemacht, sagte er, aber dann seien Photochemikalien und Papier knapp geworden; und von ihm, dem Herrn Offizier, sei keine Nachricht gewesen und deshalb hätten sie später die eintreffenden Filme nur entwickelt. »Schon in Ordnung«, sagte Manneberg und schob den Packen Bilder in die Jackentasche.

An der ersten Straßensperre zeigte er das Dokument. Rechenmachers unleserlich krakelige linkshändige Unterschrift wirkte. Im Kampf für das Proletariat, ausgerechnet Rechenmacher: Der überlebte alles. Vielleicht nicht vollständig, aber er überlebte. Karamchand, wenn er noch da wäre, hätte ihm auch die Hand aus der Hosentasche geholt. Musste er sich Sorgen um ihn machen? Nein, dachte er, das passt nicht zu dem Rechenmacher, den ich kenne.

Es war so ein Abend im Vorfrühling, wenn München besonders schön sein wollte, an dem das lange Ende der Ludwigstraße im Dunst aufging, die Fassaden der Ostseite unter schwachblauem Himmel rosarot leuchteten und die Münchner, Kommunisten oder königstreu, sich schmeichelten, Bewohner der nördlichsten Stadt Italiens zu sein – nur auf das politische Chaos, den Müll in den Straßen und das Dünnbier der Revolution hätten sie gern verzichtet.

Manneberg blickte die Ludwigstraße hinauf und hinunter und fand sich immun gegen den Liebreiz des Anblicks.

Morgen oder spätestens nach Ostern würde er beim Regiment den Entlassungsschein abholen. Von Nordwesten konnte er leisen Geschützdonner hören und sagte, wie vom Wetter: Hoffentlich hält's.

»Es ist etwas für Sie abgegeben worden, Herr Doktor«, sagte die Witwe Rubenbauer, kaum dass er zur Tür herein war.
»Was, wann?« Manneberg war alarmiert.
»Kürzlich. Es schellte, und dann lag das auf der Schwelle.« Sie gab ihm einen Umschlag. O nein, dachte er, nicht dieses Spiel.
Im Zimmer öffnete er das Fenster, um den Mottenkugeldunst, mit dem die Witwe Rubenbauer die Anzüge ihrer verblichenen möblierten Herren verteidigte, hinauswehen zu lassen, und dann den Briefumschlag. Er zwang sich, noch nicht zu lesen. Neben den Briefbogen legte er den Passierschein. Nein. Das konnte Rechenmacher unmöglich geschrieben haben. Schon gar nicht mit links. Aber die Erkenntnis tröstete ihn nicht.

Mein lieber Ismar,
nachdem Du wahrscheinlich – und dies mit gewissem Recht – Zweifel an meiner leibhaftigen Existenz hast, schlage ich Dir ein Treffen vor: Montagabend um neun Uhr in einem Nebenraum des Hofbräuhauses. Du findest mich. Ich werde Deine Briefe dabeihaben.
A.

3

Die Dokumente hatte ich auf einen USB-Stick gespeichert, das Photo vom Spiegelkasten trug ich in einem Kuvert in der Hemdtasche. Auf dem Weg stoppte ich schon nach wenigen Metern in einer schicken Bar, die noch nicht da gewesen war, als ich mich in dem Viertel niedergelassen hatte. Ich war aufgeregt wie ein Pennäler vor dem ersten Rendezvous: musste dringend locker werden. Die Frau hinter dem Tresen polierte ausdauernd Gläser, bis sie sich mir gnädig zuneigte.

»Uhm, einen Aperitif?«, sagte ich, und sie: »Sprizz?«, mit einem spitzen S: *S-prizz*. Ich nickte, als gäb's gar nichts anderes, und nahm später einen zweiten. Bin nicht sicher, ob meine Füße nachher noch den Boden berührten. Mit Musik in den Ohren glitt ich geschmeidig durch die Stadt. Ich hatte einen Song auf Endlosschleife, summte und sang wohl auch mit.

And I thank you for bringing me here /
For showing me home...

Keine Ahnung, warum sie mich in der Altstadt treffen wollte. Für mich war es ein weiter Weg, von der anderen Seite der Stadt und des Flusses.

Here is a song from the wrong side of town / Where I'm bound to the ground by the loneliest sound...

The loneliest sound, das weiß ich ziemlich genau, ist das Surren eines Computerlüfters. Irgendwie war mir seltsam sentimental zumute; vermutlich vom Alkohol. Ich stoppte noch einmal für einen *S-prizz*. Der Barkeeper betrachtete mich wie einen Idioten und servierte mit der Ansage »Ihr *Sch-pritz*«. Auch egal. Heute würde ich sagen: Ich war nicht betrunken, aber auch nicht nüchtern. Wahrscheinlich hätte mich allein schon die frische Luft euphorisiert. Ich befand mich im Zustand akutester, extremster Sinneswahrnehmung; wenn man mit den Ohren riecht und den Augen hört und der Nase sieht, wo alle Sinne in eins gehen und man nachher nicht mehr trennen kann zwischen Hören, Sehen, Schmecken, Tasten, Riechen.

God send the only true friend I call mine...

Ausgerechnet im Hofbräuhaus wollte sie mich treffen. So ein Lokal hätte ich im Normalfall gemieden wie der Teufel das Weihwasser, aber vielleicht war sie von auswärts und kannte nur dieses. Ich stand eine Weile vor dem Tor festgenagelt und ließ mich von durstigen und schon abgefüllten Touristen rempeln. Weil ich mich nicht entschließen konnte hineinzugehen, ging ich um die Ecke des Gebäudes, in die Seitenstraße, um durch eines der Fenster zu spähen. Die meisten Gäste konzentrierten sich auf die Fleischbrocken auf ihren Tellern, aber ein paar richteten ihre Aufmerksamkeit in eine Ecke des Raums, die ich nicht einsehen konnte. Erst als ich zum nächsten Fenster aufrückte, sah ich es. Das bizarre Schauspiel.

4

In der Nacht vor dem Treffen konnte Manneberg nicht einschlafen, bevor er seine Uniform angezogen und sich mit dieser wieder ins Bett gelegt hatte. Das war vermutlich das einzige Gute, was er im Krieg gelernt hatte: schlafen, immer, überall. Dazu aber brauchte er die Uniform. Ich glaube nicht, dass er träumte.

Den Tag über lief er durch die Stadt und versuchte Lebensmittel für die Witwe Rubenbauer einzukaufen. Das letzte Glas aus Vorkriegsbeständen hatten sie am Abend zuvor geöffnet. Ich glaube nicht, dass er viel nachdachte über den Brief. Er lenkte sich ab. Er hielt den Einkaufszettel der Witwe Rubenbauer in der Hand – ein absurd langer Einkaufszettel: Aber sie hatte, in völliger Verkennung der Lage, darauf bestanden, denn ohne Liste kaufe man, wie die Erfahrung zeige, nur einen Haufen unnützes Zeug. Der Reiseschein Rechenmachers leistete gute Dienste, insofern Manneberg von keinem nervösen Posten zurückgewiesen, verhaftet oder erschossen wurde. Ansonsten öffnete das Papier nur den Weg zur nächsten Enttäuschung: »Mehl? Ja, Sacklzement, woher denn?« Im Milchladen gab es keine Milch, beim Bäcker kein Brot, und Fleisch und Wurst nur gegen Aushändigung des Familienschmucks.

Die Betriebsräte vor und im Hofbräuhaus betrachteten

Manneberg misstrauisch; sein Anzug wirkte ein wenig zu *bourgeois* für die Zeit, genau wie das Einstecktuch, das aus der Brusttasche lugte. Er war zu früh, durchstreifte das Gebäude. Aus den Räumen drangen erregte Stimmen, Lärm und Hitze. In der großen Versammlung diskutierten die Arbeiter die Fortsetzung des Generalstreiks. Volksbeauftragte und Räte berieten über die Einrichtung einer Stelle für politisch Verfolgte, Opernaufführungen für Arbeiter und Soldaten und ob die Lieferung auswärtiger Zeitungen wieder erlaubt werden solle. Manneberg befand sich in einem Zustand höchster Aufmerksamkeit und Vorsicht, wie früher im Schützengraben; es hätte nur einer »Spion der Reaktion!« rufen müssen, und die allgemeine Anspannung hätte sich in einer wüsten Jagd entladen und auf das erstbeste, erkennbar verdächtige Subjekt konzentriert. Später, nachdem die Führer der Räteregierung eingetroffen waren, wurden die Debatten noch hitziger. Manneberg sah von einer Seitentüre zu, wie in die Enge getriebene Revolutionäre und Räte (darunter die, die er im Armeemuseum gesehen hatte) einander anschrien und der Cliquenbildung und eigenmächtiger Aktionen beschuldigten. Nur unten in der Schwemme hockten einige in ruhiger Beharrung vor ihren Maßkrügen, entschlossen, diese Revolution unbehelligt vorüberziehen zu lassen, sofern sie nicht in eine unverhältnismäßige Erhöhung der Bierpreise mündete.

Er fand sie nahe der Küche in einem Nebenraum mit zwei oben in der Wand eingesetzten Fenstern, die sich zu einer Seitengasse öffneten. Dass er sie erkannte (und nicht nur wegen der graugrünlichen Feldpostbriefe, die vor ihr lagen), erstaunte ihn nicht, ich denke, das war so, weil sie so lange nur eine Schöpfung seiner Phantasie gewesen war, an die er nicht oder nur widerwillig geglaubt hatte – warum hätte er sich dann eine blonde oder schwarzhaarige Frau ausmalen sollen? Er blieb einen Moment in der Tür stehen, nahm den Hut ab, nickte eine stumme Begrüßung und setzte sich ihr gegenüber an den Tisch. Einstweilen gelang ihm nur ein Lächeln, das die Pause zu den ersten Worten überbrücken sollte. Er sah sich mehrfach ansetzen zu diesem ersten Wort, von dem er nicht wissen konnte, welches es sein würde, bevor er es selbst gehört hätte, und jedes Mal neigte sie sich ein wenig näher, in einer stillen, freundlichen Aufforderung; und mit jedem Versuch, jedem Einatmen, dem ein sprachloses Ausatmen folgte, entfernte er sich weiter von sich selbst, von diesem Tisch und aus diesem Zimmer. Und wenn nicht bald irgendetwas passierte, glaube ich, dann wäre er wohl davongelaufen.

Sie schien das zu spüren und auch, dass ein Wort nicht helfen würde, denn sie rückte näher an die Kante, tat ihre rechte Hand unter den Tisch und erhob die linke, Handfläche zu ihm.

Sie wartete. Er begriff es nicht.

Sie schob ihre Hand etwas näher. Dann begriff er, was sie wollte.

Er hielt seine rechte vor ihre linke, ein paar Millimeter. Daumen an Daumen, Finger an Finger. Von oben her dröhnte der Lärm, Getrampel, ein Trommelwirbel, Töpfe schepperten in der Küche, aber dieses Zimmer war der stillste Ort der Erde.

Sie bot ihm nun die rechte Hand; er legte seine linke an, ohne die ihre zu berühren. Er folgte ihren Bewegungen, auf, ab, im Kreis, zur Seite weg. Er folgte auch der Bewegung, in der beide die Oberkörper bogen und sich über den Tisch neigten, bis sich die Schultern fast berührten und sie die ausgestreckten Hände, ihre linke, seine rechte, Daumen an Daumen, sehen konnten.

Und jetzt begriff Manneberg erst richtig.

5

Nachdem ich aber hineingegangen war, ins Hofbräuhaus, in den Essensdunst, den Stimmenlärm, saß diese Frau wieder allein an dem Tisch vor der Wand und hielt die Hände ganz ruhig, gefaltet vor sich. Ich hatte mir tatsächlich eingebildet, durch das Fenster einen Mann an ihrem Tisch gesehen zu haben; jetzt schrieb ich diese Täuschung dem Alkohol zu.

Sie sah mich an, sobald ich den Raum betrat; und mit diesem Blick lenkte sie mich wie ein landendes Flugzeug auf dem Leitstrahl zu sich, bis zum *touchdown* auf den Stuhl ihr gegenüber. Sie wirkte ein wenig altmodisch, die Kleidung, die Haare, irgendwie geflochten und aufgesteckt. Nicht kunstlos, das trug doch keine mehr – aber ich hatte auch nicht gewusst, dass man jetzt *Sprizz* trank. Vielleicht war sie retro eingestellt, und dann wäre es wieder sehr modern gewesen. Ich glaube, ich sagte Hallo und, in ansteigender Tonleiter:

»Bist du WarGirl18?«

Es muss entsetzlich albern geklungen haben; vor allem, da ich »WarGirlEighteen« sagte und die R-Laute tief in der Gurgel erzeugte wie ein echter Yankee. Sie lachte auf eine leise, angenehme Art.

»Es ist schön, dich zu sehen, Ismar Manneberg«, sagte sie, »lass uns anfangen.«

Gut, dachte ich und legte schon einmal den USB-Stick und das Photo im Umschlag auf den Tisch, neben ein flaches, von einem Bindfaden zusammengehaltenes Bündel vergilbter Briefe, das vor ihr lag. Mit einem Auge versuchte ich die Adresse auf dem obersten Brief zu erkennen. Hieß das Frl. *Müller*? Wie ich. Die Adresse, Goethestraße neun, sagte mir nichts. Ich wollte erzählen, was ich mitgebracht hatte, aber sie hielt einfach die flache Hand vor mich hin. Und da ich ein Idiot bin, klatschte ich ein, als wäre es eine Aufforderung zu *high five* gewesen. Aber auch das konnte ihr sanftmütiges Lächeln nicht vertreiben.

6

Manneberg sah seine Hand gespiegelt so wie damals, als er über Karamchands Spiegelkasten gesessen hatte. Sie bog ihren Zeigefinger, er tat es. Er machte eine Faust, sie tat es. Einer ahnte die Bewegungen des anderen. Er nahm die Gesten ihrer wie die seiner eigenen Hand wahr.

Er gab ihr ein Zeichen, einen Moment innezuhalten, und holte den Stapel Photographien aus der Jackentasche, fächerte ihn auf wie einen Stoß Karten. Nach wenigen Sekunden hatte er das Photo des Spiegelkastens gefunden und schob es in die Mitte des Tisches. Sie sah es kurz an, streckte den Arm aus und legte ihre Fingerspitzen leicht auf seine Wange.

Wie soll ich es sagen: Er spürte und spürte doch nicht. Es war eine Berührung, zart und angenehm; gut, er spürte auch das Hemd auf der Haut, den Kragen um den Hals, die etwas zu engen Schuhe des gefallenen möblierten Herrn. Vielleicht schaute er hilflos drein oder irritiert, und deswegen griff sie nach seiner Hand und führte sie an ihre Wange. Und dann war auf einmal so etwas wie ein Kreislauf geschaffen: Wenn er, bei geschlossenen Augen, leicht über ihre Wange strich und sie dasselbe und im selben Rhythmus tat, dann vergaß er, für den Moment, dass sie beide zwei waren; zwei verloren aneinander, ineinander.

Da ließ jemand in der Küche eine Pfanne fallen.

Der Wagen bricht, dachte er, und: *Nein, der Wagen nicht.*
Draußen knallte eine Ochsenpeitsche.

Es ist das zweite Band von meinem Herzen, dachte Manneberg, *das da lag in großen Schmerzen –*

Sie wollte gerade nach der Photographie greifen, aber er packte ihre Hand, riss sie vom Stuhl, weg von dem Fenster, in dem ein verzerrtes weißes Gesicht erschien, darin ein weitaufgerissener Mund, aus dem ein Kreischen schrillte, eine sich überschlagende Stimme, lauter und penetranter als eine Alarmglocke – »Spion, Spione der Reaktion!« –, aber schlimmer als das waren diese fahrig-zittrigen Finger, die am Sicherungsring der Handgranate herumzupften. Mit ihrem Regenschirm zerschlug Manneberg die Glühbirne, zerrte und schob sie zur Tür hinaus, durch die Küche, als es wieder krachte und er zum dritten Mal stumm vor sich her sagte: *Der Wagen bricht –*

7

Ich legte also meine Hand an ihre, widerstrebend und noch dazu irritiert von den Vorgängen draußen auf der Straße. Da parkte jetzt ein Lastwagen, der Stahlrohre geladen hatte, ein Arbeiter turnte herum und zertrennte die metallenen Sicherungsbänder; es machte *peng-peng*, wie Pistolenschüsse, wenn sie aufsprangen.

Die Leute im Lokal sahen zu uns herüber. Mir wurde unangenehm zumute. Ich war lange nicht unter Menschen, nur unter Kollegen gewesen. Ihre Nähe, ihr Reden, Schweißgeruch, ihre Blicke gingen mir an die Nerven. Zwei Minuten oder so machte ich bei der Pantomime mit und versuchte dabei zu lächeln. Zwischendrin versuchte ich, ein Gespräch zu beginnen. Wozu hatten wir das Treffen sonst vereinbart?

»Was ist denn nun mit dem Spiegelkasten?« Ich zeigte auf das Photo.

»Warte«, sagte sie.

Was soll ich sagen? Es wurde mir einfach zu viel. Die Leute, die seltsame Frau, dieses *Peng-peng* von draußen. Als sie ihre Hand an meine Wange legen wollte, sprang ich auf, schnappte mir den Stick und das Photo, lief vor die Tür, wo sie immer noch damit beschäftigt waren, den Lastwagen zu entladen. Ein Stahlrohr muss sich gelockert und die Kettenreaktion ausgelöst haben; viel bekam ich nicht mit. Ich glaube, sie hatte noch gesagt, ich solle ihr das Photo lassen. Jedenfalls kollerten diese Rohre, lang wie Laternenpfähle, mit einem Riesenradau vom Laster, und wenigstens eines erwischte mich und holte mich von den Beinen. Ich griff nach dem Fensterbrett, wollte mich hochziehen, machte eine Art Klimmzug, um dem aufschlagenden und herumspringenden Metall auszuweichen, und sah durch das Fenster.

Hatte ich etwas an den Kopf bekommen? Da saß sie, und ihr gegenüber ein Mann. Sie lachten sich an. Dann wandte sie ihr Gesicht zu mir, als wüsste sie, dass ich da draußen am Fensterbrett hing, in einem Stahlgewitter, das mir jede Sekunde das Licht ausblasen könnte. Der Mann griff nach ihrer Hand und riss die Frau fort vom Tisch, vielleicht hatte er Sorge, die brüllenden, wütenden Stahlrohre könnten durch die Wand brechen. Er schob sie durch die Küchentür und drehte sich um.

Ich ließ das Fensterbrett los.

Vor Schreck, denn der Mann, das war ich.

8

Heute fand ich dies in den Papieren des Doktors, ja, ich wühlte ein wenig herum, als er kurz hinausging – so viel Journalist bin ich immer noch, nicht nur mein Misstrauen ist gesund –, offenbar ein Ausriss aus einem Katalog von Krankheiten.

F48.1 Depersonalisations- und Derealisationssyndrom. Eine seltene Störung, bei der ein Patient spontan beklagt, dass seine geistige Aktivität, sein Körper oder die Umgebung sich in ihrer Qualität verändert haben und unwirklich, wie in weiter Ferne oder automatisiert erlebt werden. Neben vielen anderen Phänomenen und Symptomen klagen die Patienten am häufigsten über den Verlust von Emotionen, über Entfremdung und Loslösung vom eigenen Denken, vom Körper oder von der umgebenden realen Welt. Trotz der dramatischen Form dieser Erfahrungen ist sich der betreffende Patient der Unwirklichkeit dieser Veränderung bewusst. Das Sensorium ist normal, die Möglichkeiten des emotionalen Ausdrucks intakt.

Weiß nicht, was er damit will. Die sind doch alle ratlos. Ich jedenfalls habe mich nicht beklagt, auch nicht spontan. Im Gegenteil. Wenn das eine »Störung« sein soll, dann will ich sie für den Rest meines Lebens behalten.

Karamchand hatte einmal, ich glaube bei meinem letzten Besuch im Schloss, gesagt:

»Nichts findet ein Patient beleidigender als die Diagnose, dass seine Beschwerden nur in seinem Kopf sind.«

Ich höre das gerne.

Das Photo von dem Spiegelkasten habe ich übrigens zwischen den Stahlröhren verloren. Es war ohnehin kaum etwas darauf zu erkennen gewesen.

Notiz zur Geschichte der Geschichte

Ismar Manneberg wurde 1883 in Loslau/Schlesien geboren und starb 1924 an den Folgen einer Kriegsverletzung. Ludwig Rechenmacher wurde 1883 bei Regensburg geboren und starb 1977 in einem Vorort Münchens. Sie kannten sich vom Studium in München und dienten während des Ersten Weltkrieges als Offiziere im 2. bayerischen Reserve-Infanterie-Regiment. Nach dem Krieg praktizierte Manneberg als Rechtsanwalt in Oppeln. Seine Frau Susanne wurde 1943 nach Theresienstadt deportiert, wo sie im selben Jahr starb. Rechenmacher arbeitete bis zur Pensionierung im bayerischen Justizministerium.

Dies ist weder die Geschichte Mannebergs noch die Rechenmachers, sondern ein auf der Blaupause einiger Fakten und realer Personen aufgebautes Werk der Fiktion.

In der Figur des Doktor Karamchand verschmelzen zwei wissenschaftliche Pioniere ihrer jeweiligen Disziplinen; der eine arbeitet mit der Kraft der bildlichen Vorstellung, der andere mit der Macht des Wortes.

Mit seinem Buch *Phantoms in the Brain* (1998, deutsch: *Die blinde Frau, die sehen kann*) lieferte der in Kalifornien lehrende Gehirnforscher V. S. Ramachandran Anregungen zu diesem Roman: vor allem die des Spiegelkastens, den Ramachandran erfand und erstmals Mitte der 1990er bei der Therapie von Phantomschmerzen erfolgreich einsetzte. Bei der Behandlung dessen, was heute *Posttraumatische Belastungsstörung* genannt wird, ging der britische Militärarzt William H. R. Rivers während des Ersten Weltkrieges neue Wege. Er sah das eigentliche Problem in dem – meist vergeblichen – Versuch seiner Patienten, verstörende Erinnerungen und Bilder aus dem Bewusstsein zu verdrängen, ein Prozess, der bis zum völligen Zerfall der Person führen kann. Indem er die seelisch verwundeten Soldaten dazu brachte, über diese Erlebnisse zu sprechen, konnte er sie von ihren Angstzuständen, Depressionen und anderen psychischen Traumata befreien.

Derealisation und Depersonalisation (Katalognummer *F 48.1* nach ICD-*10*, *International Statistical Classification of Diseases*) kann bei Stress und Schlafentzug auftreten und ist – in den leichteren Formen – gar nicht selten.

Die zitierten Songtexte sind alle von der britischen Band *Depeche Mode*.